Claire Ogro

Cäcilia –
oder die Tücken der Hexerei

AF191605

Impressum:

Bibliografische Information der Deutschen Nationalbibliothek
Die Deutsche Nationalbibliothek verzeichnet diese Publikation in
der Deutschen Nationalbibliografie; detaillierte bibliografische
Daten sind im Internet über http://dnb.d–nb–de abrufbar.

Herstellung und Verlag:
Books on Demand GmbH, Norderstedt

© 2007 Claire Ogro
Titelbild: Claire Ogro

ISBN 978–3–8370–0613–1

Originalausgabe

Inhalt

1. Die schlechte Nachricht

Es war Samstag neun Uhr. Das Wochenende fing eigentlich an wie jedes andere auch – bis das Telefon klingelte.

„Ceci, gehst du ran? Ich bin im Bad noch nicht fertig."

Ceci! – Cäcilia hasste ihren Kosenamen, obwohl sie ihn schon von klein auf hatte. Sie machte sich also auf die Suche nach dem verflixten Telefon.

„Schnurlose Telefone sind irgendwie ein Fluch und ein Segen!", dachte sie. „Auf der einen Seite ist man unabhängig, auf der anderen Seite sucht man sie ständig."

Endlich hatte sie es gefunden. Es lag noch im Schlafzimmer. Sie meldete sich.

„Guten Morgen, Ceci. Ich bin's." – „Hallo Mama", sagte sie. „Du rufst aber früh an. Was ist passiert?" Die Frage sollte scherzhaft klingen, aber irgendetwas an der Stimme ihrer Mutter hatte sie irritiert.

„Deine Oma ist gestern gestorben", sagte ihre Mutter leise. Cäcilia, die inzwischen mit dem Telefon in der Küche angekommen war und sich einen Kaffee eingeschenkt hatte, musste sich setzen. „Was sagst du da? Oma Anni? Wann denn? Wie denn? Das kann doch nicht wahr sein!", war alles, was Cäcilia herausbekam. – „Doch Ceci, es ist traurig, aber wahr", antwortete ihre Mutter.

Sie erzählte Cäcilia noch, dass eine befreundete Nachbarin die Großmutter am frühen Freitagabend tot in ihrem Haus gefunden hatte. Die alte Dame, die allein in ihrem Häuschen gewohnt hatte, war offenbar an Herzversagen gestorben und ganz friedlich in ihrem Fernsehsessel eingeschlafen.

„Mama, es tut mir so leid für dich. Ich weiß gar nicht, was ich sagen soll. Oma hatte zwar schon ihr Alter, aber sie war doch so gut wie nie krank. Da konnte doch keiner mit rechnen!", sagte Cäcilia. – „Ich bin auch noch ganz geschockt. Ich hatte vorgestern noch mit ihr telefoniert. Da ging es ihr gut. Dein Vater und ich hatten vor, sie am nächsten Wochenende zu besuchen. Sie hatte sich schon darauf gefreut und mich noch gefragt, wann ihr denn mal wieder kommen würdet. Ich kann das alles noch nicht glauben", sagte ihre

Mutter und ihre Stimme zitterte dabei erheblich. – „Mama, versuch dich mal ein wenig zu beruhigen. Josch und ich kommen nachher zu dir und Papa und reden dann in Ruhe." Mit den Worten „bis später" beendeten sie das Gespräch.

Cäcilia war völlig in Gedanken, Tränen rannen über ihr Gesicht, als Johannes die Küche betrat. „Ceci, was hast du? Ist etwas passiert? Du weinst ja!", sprach er sie an. – „Oma ist tot", sage sie tonlos zu ihm. – „Was?! Oma Anni? Das gibt es doch gar nicht! So plötzlich?" Auch ihm fiel es schwer einen klaren Gedanken zu fassen. „Wie alt war sie eigentlich?", fragte er. – „Sie wäre im Mai 85 Jahre alt geworden", antwortete Cäcilia. – „Wie hat es deine Mutter aufgenommen? Sie hing doch so an ihrer Mutter." – „Ich glaube, sie hat es noch gar nicht richtig begriffen. Ich habe ihr versprochen, dass wir nachher zu ihr fahren." – „Klar, das machen wir. Kann ich irgendetwas für dich tun?", wollte er wissen. – „Nein, im Moment rein gar nichts. Ich muss erst einmal meine Gedanken sortieren."

Cäcilia stand auf und verließ wortlos die Küche. Sie wollte allein sein, ging deshalb in ihr Arbeitszimmer, zog die Tür hinter sich zu und setzte sich. Irgendwie kam ihr das alles gerade wie ein schlechter Traum vor. Sie hatte zwar schon oft gehört und gelesen, wie sich Menschen fühlten, die einen geliebten Menschen verloren hatten – und sie hatte ihre Oma geliebt! – aber sie hätte nie gedacht, dass es so schlimm sein würde. Innerlich machte sich eine unendliche Leere breit, während in ihrem Kopf ein heilloses Durcheinander herrschte. Wie Blitze durchzuckten sie Erinnerungen an ihre Kindheit, immer wieder tauchten Bilder von ihrer Oma vor ihrem geistigen Auge auf. Nein! – sie konnte und wollte es sich nicht vorstellen, dass es diese bezaubernde, alte Dame nicht mehr geben sollte und sie sich nie wiedersehen würden.

Gut, der Kontakt in den letzten Jahren war nicht mehr so eng wie früher, als sie noch ein Kind war. Das lag in der Natur der Dinge. Oma Anni wohnte in einem kleinen Dorf im Harz. Cäcilia und ihr Mann lebten in der Stadt, etwa eine Stunde Fahrt entfernt. Sie arbeitete als freiberufliche Werbegrafikerin und ihr Mann als Softwareprogrammierer bei einem mittelständischen Unternehmen. Sie wollten beide noch einiges erreichen, deshalb widmeten sie sich auch intensiv ihrer Arbeit. Dies war auch der Grund, warum sie noch keine Kinder hatten. Oma Anni hatte sie oft darauf angesprochen, denn sie hätte gerne einen Urenkel gehabt, zumal Cäcilia ihr einziges Enkelkind war. Die Familie war mit Kindern nicht besonders gesegnet. Die Ehe von Cäcilias Onkel Gerd war kinderlos geblieben und ihre Mutter hatte zwei Fehlgeburten, bevor sie gesund zur Welt kam. Bei diesen Gedanken fiel Cäcilia wieder ein, was Oma Anni immer zu ihr gesagt hat: „Verschiebe nicht immer alles auf später, mein Kind! Später, das kann schon zu spät sein!" Cäcilia war immer der Auffassung, dass es ein „zu spät" nicht gäbe, jetzt aber traf sie die traurige Erkenntnis, dass es durchaus zu spät sein kann, denn Oma Anni würde ihren Urenkel – so es ihn irgendwann gäbe – nie sehen. Warum kam sie ausgerechnet jetzt auf diese Gedanken? Warum fielen ihr gerade jetzt die Worte ihrer Oma ein? Cäcilia hatte plötzlich ein ganz schlechtes Gewissen. War sie in den letzten Jahren zu egoistisch geworden? Hätte sie Oma nicht häufiger besuchen sollen? Warum hatte sie die Worte ihrer Oma als bedeutungslos abgetan? Früher war das, was Oma sagte, immer sehr wichtig gewesen. Mit Oma konnte man über alles reden. Selbst über Dinge, über die sie mit ihrer Mutter – trotz ihres guten Verhältnisses – nicht gesprochen hätte. Omas Lebenserfahrung und ihre Weisheit machten ihre Ratschläge, ihren Trost und ihren Zuspruch immer besonders wertvoll. Sie war die beste Zuhörerin der Welt. Cäcilia kannte eigentlich niemanden, der nicht gerne Omas Rat gesucht hat. Diese Frau hatte einfach eine Ausstrahlung, die einzigartig war. Was ihre Großmutter zu etwas Speziellem machte, sollte Cäcilia aber erst später erfahren. Heute – in ihrer Trauer um die geliebte Oma – wurde ihr diese Besonderheit und deren Verlust aber schmerzlich bewusst. Wer sollte sie jetzt trösten? Oma hätte eine Antwort gewusst.

Trost – das war das Stichwort, das sie wieder zurück in die Realität holte. Bei all ihrer Trauer durfte sie jetzt ihre Mutter nicht vergessen, denn sie traf der Verlust ihrer Mutter ebenso hart, wenn nicht noch härter. Cäcilia trocknete ihre Tränen, die sie die ganze Zeit gar nicht bemerkt hatte und verließ ihr Arbeitszimmer.

„Geht es dir besser?", fragte Josch. – „Nicht wirklich, aber es muss. Ich muss jetzt an Mama denken", antwortete sie. „Ich hatte vorhin einfach gesagt, dass wir kommen. Hast du eigentlich Zeit?" –

„Ceci, ich bitte dich! Das ist doch jetzt wohl wichtiger als alles andere!", sagte Josch. – „Danke!"
Cäcilia wusste, dass Josch viel zu tun hatte und sich für das Wochenende ein ziemliches Pensum vorgenommen hatte. Aber das war das Wunderbare an ihrem Mann. Er war immer da, wenn man ihn brauchte. Für Cäcilia war er der Ruhepol in ihrem – manchmal – chaotischen Leben.
„Gut, ich würde sagen, wir machen uns jetzt in Ruhe fertig und fahren dann los. Nach Frühstück ist mir jetzt eh nicht", sagte Cäcilia. – „Mir ehrlich gesagt auch nicht. Ich bin so weit fertig. Mach du dich fertig. Ich räume in der Zwischenzeit hier alles weg und lese noch eben meine E-Mails", erwiderte Josch.

Eine knappe Stunde später waren sie unterwegs. Cäcilias Eltern wohnten ungefähr 15 km entfernt von ihnen in einem Vorort.
„Wie blass sie war", dachte Josch. Cäcilia saß wie ein Häufchen Elend neben ihm auf dem Beifahrersitz. Ihr Blick ging ins Leere. Sie sagte keinen Ton.
Zwanzig Minuten später waren sie angekommen. Sonst wurden sie immer mit einem freudigen „Hallo!" begrüßt. Dieses Mal fiel die Begrüßung sehr verhalten aus. Josch nahm Brigitte, seine Schwiegermutter, nur kurz in den Arm, sagte aber nichts. Franz, seinen Schwiegervater, begrüßte er nur mit Handschlag und kurzem Kopfnicken, ebenso Gerd, Brigittes Bruder. Worte kamen ihm im Moment so überflüssig vor. Cäcilia, die hinter ihm stand, umarmte kurz ihren Vater und ihren Onkel, dann fiel sie ihrer Mutter in die Arme. Beide konnten ihre Tränen nicht mehr zurückhalten. Franz nahm seinen Schwiegersohn zur Seite und sagte: „Lass die beiden jetzt erst einmal allein. Komm, wir gehen ins Wohnzimmer und trinken einen Kaffee."

Cäcilia und ihre Mutter gingen in die Küche. Es dauerte eine ganze Weile, bis sie ihre Tränen trocknen und miteinander reden konnten. „Weißt du schon etwas Neues?", fragte Cäcilia ihre Mutter. – „Ich habe mit dem Notarzt gesprochen, der sie vor Ort für tot erklärt hat. Er hat sie, wie Elisabeth schon gesagt hatte, in ihrem Fernsehsessel gefunden und sie sei ganz friedlich eingeschlafen, wie er mir sagte. Ihr Herz hat einfach aufgehört zu schlagen", erzählte ihre Mutter. „Mit dem Bestatter habe ich auch schon telefoniert. Wie und wo Mutter beerdigt wird, war ja schon geklärt. Dein Vater, Gerd und ich fahren Montag hin und besprechen dann den Rest vor Ort. Die Beerdigung wird wohl am Mittwoch oder Donnerstag sein. Morgen soll ich mich aber melden wegen der Zeitungsannonce und der Einladungen für die Trauerfeier. Ach, ja! Wenn wir die Liste fertig haben, könntest du sie dem Bestatter rüberfaxen, damit die Einladungen rausgehen können? Wenn du es nicht schaffst, kann Papa es auch eben vom Büro aus machen." – „Nein, dafür braucht Papa nicht extra ins Büro. Ich mache das schon." – „Der Herr Pastor hat mich schon angerufen und uns sein Beileid ausgesprochen. Ich soll dich lieb grüßen. Wenn wir Montag im Harz sind, haben wir auch einen Termin mit ihm. Unseren Anwalt konnte ich noch nicht erreichen. Ich habe eine Nachricht auf seinem Anrufbeantworter hinterlassen. Er wird sich ja dann wohl irgendwann melden", sagte sie müde. – „Warum hast du nicht gestern schon angerufen?", fragte Cäcilia. – „Ich wollte erst, aber dann habe ich mir gedacht, dass es reicht, wenn wir schon eine schlaflose Nacht haben. Machen konnten wir gestern Abend sowieso nichts mehr", war die Antwort. – „Was kann ich denn tun?", fragte Cäcilia. „Du musst die Vorbereitungen für die Beerdigung ja nicht allein übernehmen." – „Du kannst mir wirklich helfen. Aber komm, wir gehen jetzt rüber zu den Männern und besprechen dann gemeinsam, wer was übernehmen kann", schlug Cäcilias Mutter vor.

Zu Fünft gingen sie alle Punkte durch, die bei einer Beerdigung zu berücksichtigen waren. Cäcilia war erstaunt, was alles bedacht werden musste, obwohl viele Dinge schon durch das Bestattungsunternehmen übernommen wurden und auch Oma Anni vieles schon zu Lebzeiten geregelt hatte, etwa wie und wo sie begraben werden wollte. Oma Anni hatte nämlich frühzeitig dafür gesorgt, dass sie neben ihrem Mann, der fünf Jahre vor ihr verstorben war, beerdigt wird und zwar auf dem kleinen Dorffriedhof. Aber dennoch waren viele Details zu klären. Was sollte in der Todesanzeige stehen? Wie sollten die Einladungskarten gestaltet sein? Wer sollte zur Beerdigung und zur anschließenden Trauerfeier eingeladen werden und, und, und ... Oma Anni wollte zwar kein großes Begräbnis, aber allen war klar, dass sehr viele Leute an ihrer Beerdigung teilnehmen würden, schon deswegen, weil sie so bekannt und beliebt war. Es gab viel zu bereden und eh sich alle versahen, wurde es draußen schon dunkel.

„Ich weiß ja nicht, wie es euch geht", sagte Cäcilias Vater irgendwann, „aber ich habe Hunger. So traurig das Ereignis auch ist, aber ich glaube nicht, dass Anni gewollt hätte, dass ihre Hinterbliebenen verhungern."

Cäcilia, Brigitte, Gerd und Josch sahen Franz etwas merkwürdig an. Cäcilias Vater hatte es bestimmt nicht böse gemeint, aber so manches Mal ließ er das nötige Feingefühl ein wenig missen, aber alle mussten sich eingestehen, dass er nicht ganz unrecht hatte. Brigitte wollte schnell etwas zubereiten, aber die anderen protestierten. Schließlich einigte man sich auf einen Bringservice.

Als das Essen kam, waren sie so weit fertig mit der Besprechung. Cäcilias Eltern und ihr Onkel kümmerten sich am folgenden Montag um alles vor Ort. Die Einladungsliste stand auch so weit. Sie hatten extra drei Exemplare angefertigt, damit alle noch einmal nachdenken konnten, ob man jemanden vergessen hatte. Cäcilia wollte den Entwurf für die Todesanzeige ausarbeiten und nach einem geeigneten Layout für die Einladungskarten gucken. Am nächsten Nachmittag wollte man sich noch mal zusammensetzen und alles abschließend besprechen. Die Erschöpfung stand allen ins Gesicht geschrieben.

Es war schon 21 Uhr, als Cäcilia und Josch zu Hause ankamen. Auch die Rückfahrt hatten sie schweigend verbracht. Daheim wollte Josch Cäcilia überreden, sich auszuruhen und sich etwas abzulenken, aber sie wollte nicht. Sie ging direkt in ihr Arbeitszimmer, fuhr den PC hoch und versuchte einen vernünftigen Text für die Todesanzeige zu entwerfen. Der Text sollte ihrer Oma würdig, aber nicht zu kitschig sein. So kreativ Cäcilia sonst auch war, es fiel ihr einfach nichts Gescheites ein. Sie fühlte sich hundeelend!

„Ceci, warum stehst du nicht morgen ganz früh auf und machst das dann? Glaubst du wirklich, dass das jetzt etwas bringt?", fragte Josch, der in ihr Arbeitszimmer gekommen war. – „Ich weiß es auch nicht", ihre Antwort klang leicht verzweifelt. „Ich weiß gar nichts mehr! Der Tag heute war irgendwie merkwürdig. Der Anruf, der Aufenthalt bei meinen Eltern – alles komisch! Ist dir aufgefallen, dass Omas Tod besprochen wurde, als würde es sich um eine Fremde handeln? Als wäre die Beerdigung nichts anderes als ein Einkauf oder Ausflug oder ... Ach, ich weiß auch nicht! Das kam mir so unwirklich, unpersönlich vor. Kein Wort von Trauer, von Gefühlen, von Erinnerungen oder Ähnlichem – nichts!" – „Ceci, Ceci! Meinst du nicht, dass du etwas überspannt bist? Wir alle trauern und sind durcheinander, trotzdem muss die Beerdigung geplant werden. Das wirkt jetzt vielleicht kalt und nüchtern auf dich, aber die Zeit der Trauer, die kommt erst noch. Jetzt muss erst einmal alles geregelt werden." – „Ja, ich weiß. Ich verstehe nur nicht, wie man da so rational herangehen kann. Ich kann's einfach nicht!", sagte sie trotzig. – „Ich weiß, dass du das nicht kannst, aber dafür hast du ja mich", mit diesen Worten nahm Josch sie in den Arm. – „Du hast ja recht! Ich sollte vielleicht wirklich etwas ausruhen und dann morgen weiterarbeiten", sagte sie erschöpft. – „Was hältst du von einem schönen, heißen Bad?", fragte er. – „Das hört sich verlockend an!"

Cäcilia ging ins Badezimmer und ließ Wasser in die Wanne laufen. In ihrem Kopf herrschte immer noch Chaos, aber die Wärme tat ihr gut und sie merkte, wie sie leicht müde wurde. Während sie so im Wasser lag, fielen ihr Worte von ihrer Oma ein. „Kind, wenn du ganz abschalten willst, um deinen Kopf frei zu bekommen, dann musst du deine Gedanken völlig ins Leere laufen lassen. Am Anfang klappt das häufig noch nicht, aber ein kleiner Schritt auf dem Weg dahin ist, wenn man sich nur auf einen einzigen – möglichst schönen – Gedanken konzentriert und keine anderen mehr zulässt", sagte Oma immer, wenn Cäcilia über Stress klagte. Cäcilia versuchte es einfach mal. Sie schloss die Augen und stellte sich einen abgeschiedenen Strand mit Sonne und Meeresrauschen vor. Sonne, Sand, Meer und nicht Tod, Trauer, Beerdigung sollten ihre Gedanken bestimmen. Sie musste sich richtig zusammenreißen War es die Erschöpfung, die Wärme des Wassers oder funktionierte es wirklich? Plötzlich empfand sie eine angenehme Ruhe und Leichtigkeit. Es kam ihr vor, als wäre an diesem Tag nichts Besonderes geschehen. Sie gestand sich ein, dass Josch recht hatte und alles bis morgen warten könnte. Jetzt würde ihr eh nichts Gescheites mehr einfallen und morgen würde die Welt schon wieder anders aussehen.

Nach dem Bad ging sie direkt ins Bett. Josch schloss sich ihr an. Er machte noch den Fernseher im Schlafzimmer an. Plötzlich meinte er: „Weißt du, wen wir heute völlig vergessen haben?" – „Nein", antwortete sie schon ziemlich schlaftrunken. „Wen denn?" – „Meine Familie! Die hätten wir ja irgendwie auch mal informieren müssen." – „Ach, du Schreck!", Cäcilia setzte sich abrupt wieder im Bett auf. „An die habe ich ja überhaupt nicht gedacht. Jetzt sollten wir aber auch nicht mehr anrufen. Wenn wir ihnen das morgen sagen und ihnen das Chaos von heute erklären, werden sie bestimmt Verständnis haben und nicht sauer sein." – „Stimmt, morgen reicht auch! Versuch etwas zu schlafen! Ich versuch's auch. Der Fernseher kann ja noch etwas laufen, ist für mich eh immer ein gutes Schlafmittel." – „Ja, für mich auch. Schlaf gut!"

„Wie konnten sie nur Joschs Familie vergessen?", dachte Cäcilia. Seine Familie, zumindest der Teil mit dem man zu tun hatte, war zwar nicht besonders groß, nur seine Eltern, Ines und Bernd; sein älterer Bruder Daniel mit Frau und Kindern und seine jüngere Schwester Anna, zu der sie sogar ein sehr inniges Verhältnis hat. Josch lästerte ständig, dass sie dauernd telefonierten oder zusammen waren. Scherzhaft hat er auch schon mehrmals von sich gegeben, dass sie besser hätte Anna heiraten sollen, statt ihn. Umso unbegreiflicher für sie, dass sie noch nicht einmal daran gedacht hatte, Anna zu informieren. Aber auch die anderen Familienmitglieder kannten Cäcilias Oma sehr gut von diversen Familienfeiern und Besuchen. Das war schon ganz schön peinlich. Aber der vergangene Tag hatte so seine eigenen Gesetze. Nichts war normal. Diese Erkenntnis ließ sie dann auch für sich als Entschuldigung gelten, bevor ihr endgültig die Augen zufielen.

Es war eine unruhige Nacht mit wirren Träumen, daran konnte sie sich noch erinnern, aber nicht mehr an den Inhalt der Träume. Sie stand ganz leise auf, um Josch nicht zu wecken. Ihr erster Weg war der ins Bad, danach ging sie in die Küche, um Kaffee zu kochen, anschließend führte ihr Weg in ihr Arbeitszimmer, um den PC zu starten. Als der Kaffee aufgebrüht war, nahm sie sich eine Tasse und suchte im Internet nach Seiten für Trauerfälle, Todesanzeigen und Ähnlichem. Sie wurde auch schnell fündig. Aber irgendwie gefielen ihr die ganzen Sprüche und Reime nicht. Da passte so überhaupt nichts zu ihrer Oma! Da saß sie nun, starrte aus dem Fenster und ihr fiel rein gar nichts ein. Moment! Was sagte ihre Oma immer? Cäcilia erinnerte sich daran, dass sie jedes Mal, wenn jemand gestorben war, sagte: „Die Toten muss man nicht betrauern, sondern die Lebenden bedauern; denn nichts ist ewig auf dieser Welt, nur die Anderswelt." Was auch immer ihre Oma damit gemeint hatte, der Spruch gefiel ihr. Nur, was würde ihre Mutter dazu sagen? Heute Nachmittag würde sie es erfahren.

Inzwischen war auch Josch aufgestanden. Sie hörte ihn in der Küche hantieren.

„Ceci, lass mich raten, du sitzt am PC", rief er ihr aus der Küche zu. – „Gut geraten!", rief sie zurück. „Wer ruft eigentlich gleich deine Eltern an? Du oder ich?", fragte sie ihn, der mittlerweile mit seiner Kaffeetasse hinter ihr stand. – „Ich mach das schon. Ist dir etwas eingefallen?" – „Ja, mir ist Omas Spruch zu Todesfällen eingefallen und ich finde ihn eigentlich sehr passend." – „Ach, ja? Wie war der denn?"

Sie sagte ihm den Spruch. Josch guckte sie erst etwas irritiert an, dann aber schmunzelte er und meinte: „Das passt zu ihrer Art von rätselhaftem Humor. Was immer sie damit gemeint hat, der ist gut; eigentlich egal, wie man ihn auslegt." – „Wie? Wie man den auslegt?", fragte sie verdutzt. – „Man kann den Spruch mehrfach deuten. Entweder so: Die Toten haben hinter sich, was die Lebenden noch vor sich haben; oder so: Die Toten sind jetzt in einer besseren Welt als die Lebenden. Ist aber so oder so gut", versuchte er zu erklären. – „So habe ich das noch gar nicht gesehen. Ich glaube, Mama wird er auch gefallen." – „Davon bin ich sogar überzeugt. So, jetzt übernehme ich mal die traurige Pflicht und rufe meine Eltern an."

Während Josch mit seinen Eltern telefonierte, die auch ganz bestürzt waren, setzte sie seine Familie noch schnell auf die Liste mit den Trauergästen. In diesem Moment wurde Cäcilia so richtig bewusst, was die Nachricht vom Tod ihrer Oma ausgelöst hatte. Wenn schon jemand wie Josch – der kühle, rationale, abgeklärte Denker, den nichts aus der Ruhe zu bringen schien – vergaß, seine eigene Familie zu informieren, das war schon eigenartig! Es war nicht weiter verwunderlich, dass sie in der ganzen Hektik nicht daran gedacht hatte. Wenn es nicht direkt um ihre Arbeit ging, neigte Cäcilia manchmal zur Vergesslichkeit. Sie galt allgemein als liebenswerte Chaotin, der das Wort „Ups!" wegen kleiner Pannen des Öfteren entfleuchte, was ihr aber niemand übel nahm. Aber, dass dieses ihrem Mann passierte, den sie auch gerne „Mister Brain" nannte, das war nicht nur seltsam, sondern schon äußerst mysteriös.

Die Nachbesprechung am Nachmittag dauerte nicht lange. Alle waren sich schnell einig. Omas Spruch kam bei fast allen gut an. Ihr Vater meinte zwar: „Naja, der Spruch ist typisch für sie, aber kann man so etwas in einer Todesanzeige abdrucken lassen?" Die Antwort der anderen vier, Cäcilias Onkel Gerd war natürlich auch dabei, denn es ging ja schließlich um seine Mutter, war ein klares „Ja!". Somit war das Thema abgeschlossen.

Die Einladungsliste war inzwischen auch vollständig. Cäcilias Eltern war am Vorabend auch noch aufgefallen, dass Joschs Familie nicht vermerkt war. Onkel Gerd hatte es glatt noch gar nicht bemerkt. Ihnen allen war das auch furchtbar peinlich. Die Familie war insgesamt nicht besonders groß. Sie bestand nur aus Cäcilias Eltern, ihrem Onkel, Cäcilia und Josch, seinen Eltern und seinen beiden Geschwistern mit deren Kindern. Und dennoch wurden letztere fast vergessen, während an „Hinz und Kunz" gedacht wurde. Sie beschlossen deshalb auch, dass dies ihr „kleines Geheimnis" bleiben sollte.

Das Layout der Einladungskarten war auch schnell geklärt. Sie sollten einfach und schlicht sein.

Cäcilias Eltern wollten am nächsten Morgen ganz früh in den Harz aufbrechen, sich mit Onkel Gerd treffen, der ganz in Omas Nähe wohnte und die restlichen Angelegenheiten mit dem Pastor und dem Bestatter vor Ort klären. Außerdem musste der Steinmetz informiert werden wegen der Grabplatte. Die Grabinschrift musste ergänzt und die Platte aufgearbeitet werden. Bis zur Beerdigung würde sie zwar nicht fertig werden, aber sie sollte auch erst wieder auf das Grab gesetzt werden, wenn es neu bepflanzt wurde.

Cäcilia konnte sich noch genau an die Grabplatte erinnern, die Oma anläßlich Opas Tod ausgesucht hatte. Es war eine schlichte, aber dennoch schöne Platte aus weißem Mamor in Form einer Schriftrolle, die am linken Rand mit einer Rose verziert war. Es war auch ein ganz bestimmter Mamor, aber ihr fiel der Name nicht mehr ein. Die Platte war auch nicht besonders groß. Sie lag vor Kopf und nahm nicht besonders viel Platz weg, bestach aber durch ihre schlichte Eleganz.

Mehr konnten sie an diesem Tag nicht erledigen und so löste sich die Runde am späten Nachmittag wieder auf. Cäcilia und Josch hatten beschlossen, auf dem Rückweg noch bei seinen Eltern vorbeizuschauen. Onkel Gerd wollte auf dem Heimweg noch kurz bei den Maibachs, Omas Nachbarinnen, Halt machen. Die Maibachs, Mutter Magda und Tochter Elisabeth, waren eng mit Oma befreundet gewesen. Elisabeth war vor einigen Jahren, nach ihrer Scheidung, zu ihrer Mutter gezogen und versorgte diese und hatte sich auch um Cäcilias Oma gekümmert. Sie war es auch, die Oma gefunden hatte. Freitags hatte sie immer Einkäufe und Erledigungen für sich, ihre Mutter und Oma im Nachbarort gemacht. Manchmal fuhren die alten Damen mit, meist erledigte Elisabeth aber alles allein. So auch am letzten Freitag. Als sie die Sachen bei Oma abliefern wollte – sie hatte einen Schlüssel zum Haus – fand sie Oma tot im Wohnzimmer. Es muss ein ziemlicher Schock für sie gewesen sein. Als sie mittags die Einkaufsliste bei Oma abholte, klagte diese zwar über das nasskalte Wetter, aber ansonsten war nichts Außergewöhnliches oder Beunruhigendes gewesen. Dann kam sie wenige Stunden später zurück und die alte Dame war tot.

Onkel Gerd meinte, dass sie Schuldgefühle plagen würden, was natürlich völliger Unsinn war – wie hätte sie das vorhersehen sollen? – und wollte sie etwas aufrichten. Magda, die Omas Alter hatte, war auch ziemlich mit den Nerven fertig. Was nicht verwunderlich war, denn die alten Damen waren sehr gute Freundinnen und hatten fast ihren ganzen Lebensweg gemeinsam beschritten. Sie waren gemeinsam aufgewachsen, haben fast zur gleichen Zeit geheiratet und Kinder bekommen. Sie haben den Krieg überstanden, Verluste und Entbehrungen hinnehmen müssen, aber auch gute Zeiten durchlebt. Beide hatten das Glück, dass sie bis ins hohe Alter geistig und körperlich sehr fit geblieben und eigentlich auf sehr wenig Hilfe angewiesen waren. Wenn für alle Omas Tod schon unbegreiflich und hart war, um wieviel schlimmer musste es für die alte Freundin sein.

So hatte sie alle an diesem Abend noch ihre traurigen Aufgaben zu erfüllen. Auf die alle – vor allem Onkel Gerd – auch gerne verzichtet hätten.

2. Die Beerdigung

Die Tage bis zur Beerdigung flogen nur so dahin. Josch hatte zwei Tage „Sonderschichten" eingelegt, damit er ab dem Tag der Beerdigung eine Woche frei nehmen konnte. Cäcilia hatte die dringendsten Arbeiten, die terminlich erledigt werden mussten, noch aufgearbeitet. Ihren anderen Auftraggebern hatte sie die Situation erklärt und um Erledigungsaufschub gebeten. Bis auf eine Firma, die sich einen anderen Werbegrafiker suchen wollte, hatten alle Verständnis und waren einverstanden. Unter normalen Umständen hätte Cäcilia sich aufgeregt, denn sie hasste Taktlosigkeit, aber diesmal registrierte sie dies nur achselzuckend. Es gab ja auch noch genug Kunden in der Warteschleife, die sie bisher immer vertröstet hatte. Sie hatte in der Werbebranche einen guten Namen und deshalb auch immer mehr als genug zu tun. Schon während des Studiums hatte sie lukrative Aufträge und so stellte sich ihr auch nie die Frage, ob sie für andere oder auf eigene Rechnung arbeitete. So musste sie sich nie mit einem Arbeitgeber rumschlagen, sondern „nur" mit ihren Auftraggebern. Dies hielt sich aber relativ in Grenzen, da sie es sich leisten konnte, Kunden, die ihr zu nervig waren, zur Not auch abzulehnen. Es gab aber Dinge, die sie prinzipiell hasste und dazu gehörten unter anderem: Ignoranz, Intoleranz, Verlogenheit und Taktlosigkeit. Aber da sie viel zu sehr bemüht war, alles unter einen Hut zu bringen – und Josch konnte ihr zur Zeit wirklich nicht auch noch helfen –, hatte sie nicht die Zeit, sich zu ärgern, aber es reichte aus, um den Kunden gleich aus ihrer Kartei zu werfen. Mehr ging aber nicht, da die zugesagten Arbeiten fertig werden mussten und nebenbei half sie ihrer Mutter mit, die Gäste vorab telefonisch über die Beerdigung zu informieren, falls die Karten nicht rechtzeitig ankämen. Wirklich Zeit sich zu ärgern, nachzudenken oder gar zu trauern, hatte sie nicht.

Der Donnerstag der Beerdigung – es war der 8. Februar – war ein kühler, grauer Tag, aber es war wenigstens trocken. Cäcilias Eltern waren schon am Abend vor der Beerdigung in den Harz aufgebrochen und wollten bei Onkel Gerd übernachten, während Cäcilia und Josch beschlossen hatten, erst morgens anzureisen. Sie kamen recht gut durch und erreichten Omas Haus nach nur fünfundvierzig Minuten Fahrt.

„Wie wenig sich hier im Laufe der Jahre doch verändert hatte", dachte Cäcilia. Immer wenn sie das kleine Dorf erreichten, glaubte sie, in eine andere Zeit versetzt zu werden. Sicherlich hatte sich einiges getan im Laufe der Jahre und das Dorf war auch ein wenig gewachsen, aber dieser urtümliche Charme war immer erhalten geblieben. Im gesamten Gebiet um das Dorf hatte sich seit der Wende enorm viel getan. Das Dorf lag nahe der ehemaligen Grenze, ganz nah am Naturschutzgebiet und am Brocken. In den größeren Orten der Umgebung boomte der Tourismus und auch im Dorf selbst hatten einige Einwohner vom Wegfall der Grenze profitiert, indem sie Weideland als Baugrund verkauften. Land, das vorher eher als uninteressant galt, da es im Grenzgebiet lag. Aber das war ja schließlich legitim.

Ihr Großvater hatte nichts anderes gemacht. Vor der Wende hatte er seinen elterlichen Hof und Weideland verpachtet und kurz nach der Wende hat er sich entschlossen, den Hof sowie Teile seines Landes zu verkaufen. Das Geld wurde irgendwie angelegt, soweit sie wusste, aber in welcher Form, davon hatte sie keine Ahnung. Seine gut gehende Schreinerei hatte Opa zu Lebzeiten schon zu gleichen Teilen an seine Kinder überschrieben. Inzwischen haben die beiden sich auch schon weitgehend aus dem aktiven Geschäft zurückgezogen und die Leitung einem ehemaligen Lehrling, der seit langem auch schon Meister war, übertragen. Onkel Gerd war aber immer noch beratend tätig.

Die neuen Häuser fielen zwar auf, aber insgesamt fügten sie sich harmonisch in das Gesamtbild des Ortes und zerstörten keineswegs sein Idyll.

Im Haus ihrer Oma wurden sie schon vom Rest Familie erwartet. Selbst Joschs Eltern und Geschwister waren bereits da. Die Beerdigung war für halb elf angesetzt. Sie hatten mit dem Pastor vereinbart, dass sie sich eine halbe Stunde vorher treffen wollten. So hatten sie noch eine knappe Stunde Zeit.

Als Cäcilia das Haus betrat, meinte sie, dass jeden Moment ihre Großmutter auftauchen müsste, um sie zu begrüßen. Hier im Haus traf sie die Erkenntnis, dass sie ihre Oma nie mehr sehen würde noch heftiger als bisher zuvor. Sie kämpfte gegen die Tränen. Sie hatte einen Kloß im Hals und ihre Magengrube zog sich zusammen. Wie musste sich jetzt wohl ihre Mutter fühlen? Sie suchte ihre Mutter und fand sie allein in der Küche.

„Mama? Wie geht es dir?", fragte sie vorsichtig. – „Es geht so", antwortete sie leise. Sie sah blass und abgespannt aus. Ihre Augen waren völlig gerötet. Irgendwie wirkte sie zerbrechlich in ihrem schwarzen Kleid. „Es muss Kind! Das Leben geht weiter – irgendwie. Ich hatte mich hin und wieder mal mit dem Gedanken beschäftigt, dass Mutter nicht mehr da sein würde. Habe ihn dann aber schnell wieder verdrängt, da sie auch keinen Anlass dazu gegeben hatte. Sie war ja wirklich noch unheimlich fit für ihr Alter. Deshalb ist es umso unbegreiflicher, dass sie von uns gegangen ist. Wäre sie krank und bettlägerig gewesen, dann hätte man sich innerlich darauf einstellen können, aber doch nicht so plötzlich. Ich kann es immer noch nicht fassen! Von mir aus kannst du mich für verrückt halten, aber ich habe immer noch das Gefühl, sie ist hier im Haus. Verrückt, oder?" – „Nein, nicht verrückt, sogar ganz verständlich! Mich erinnert hier auch alles an sie. Ich habe vorhin auch gedacht, dass sie gleich auf mich zukäme, um mich zu begrüßen. Alles in diesem Haus erinnert an sie. Alles riecht noch nach ihr. Es ist, als wäre ihr Geist noch hier. Apropos Geist! Wo ist eigentlich Omas Kater, der Arthur?", fragte sie ihre Mutter. – „Er ist seit Omas Tod Stammgast bei Magda und Elisabeth", antwortete ihre Mutter. Die Frage zauberte für einen kurzen Moment ein Lächeln auf ihr trauriges Gesicht. „Sie haben sich um ihn gekümmert. Er trauert auch. Magda erzählte, dass er immer maunzend um das Haus schleicht und sein Frauchen sucht. Ich weiß auch noch nicht, was jetzt aus dem Kater werden soll. Die Maibachs haben sich aber angeboten, ihn ganz zu nehmen. Ich glaube, das wäre in Mutters Sinne, denn was soll der alte Streuner in einer Stadtwohnung." – „Ich würde ihn auch nehmen", sagte Cäcilia, „aber ich glaube nicht, dass er so glücklich wäre in unserer Wohnung. Aber das können wir ja noch in Ruhe besprechen. Sollen wir uns mal zu den anderen gesellen oder möchtest du noch ein wenig allein sein?", fragte sie ihre Mutter. – „Nein, lass uns zu den anderen gehen. Sie sind, glaube ich, alle im Wohnzimmer."

Auf dem Weg dorthin fragte Cäcilia plötzlich: „Was passiert eigentlich mit Omas Haus?" – „Das weiß ich noch nicht. Soviel ich weiß, hat Mutter ein Testament hinterlassen. Gerd und ich haben auch keine Ahnung, was es genau beinhaltet. Die Angelegenheit mit der Schreinerei war ja noch zu Papas Lebzeiten geregelt worden und was mit dem Rest ist, werden wir wohl am nächsten Dienstag beim Anwalt erfahren. Ach, ja! Bevor ich es vergesse, du sollst bei dem Termin dabei sein. Wir treffen uns Dienstag um drei Uhr." – „Warum soll ich denn dabei sein?", fragte Cäcilia erstaunt. – „Mutter hat dir sicherlich auch etwas vermacht. Vielleicht sogar das Haus. Sie hat so etwas mal erwähnt. Ob sie es gemacht hat? Wer weiß?", antwortete ihre Mutter. – „Das Haus? Aber das steht doch dir und Onkel Gerd zu. Es ist immerhin euer Elternhaus." – „Ceci, du warst aber das einzige Enkelkind und sie hat dich sicher in ihrem Testament bedacht. Wir hätten auch gar nichts dagegen, wenn du das Haus bekämst. Wir hatten uns schon gestern Abend darüber unterhalten." – „Mama, geh schon vor", sagte Cäcilia völlig verwirrt. „Ich brauche jetzt ein paar Minuten für mich."

Sie gab ihrer Mutter die Kaffeekanne und ging zurück in die Küche.

Da stand sie jetzt allein in der Küche und starrte aus dem Fenster in den weitläufigen Garten. „Das könnte mir gehören!", dachte sie. Nein, der Gedanke war zu absurd, als dass sie ihn zu Ende denken wollte. Sie ging lieber doch zu den anderen. Bloß jetzt nicht nachdenken!

Die Stunde, die sie noch hatten, war schnell vorbei und so brach man in Richtung Friedhof auf. Die Familie traf sich mit dem Pastor in der Trauerhalle. Der Sarg mit der Toten darin war noch nicht da. Oma Anni war bis kurz vor der Trauerfeier in der Totenhalle des Friedhofs aufgebahrt worden, damit sich alle, die es wollten, noch von ihr verabschieden konnten. Cäcilia und Josch hatten beschlossen, sie nicht mehr anzusehen. Sie wollten sie lebendig in Erinnerung behalten.

Die Trauerfeier war schlicht gehalten. Die Rede des Pastors war mit Cäcilias Mutter und Onkel abgesprochen, auf Musik wurde verzichtet. Die Blumenarrangements wären ganz nach Omas Geschmack gewesen, Narzissen und Tulpen in gelb, orange und rot gaben den Ton an. Oma war sehr naturverbunden. Sie hätte keine Blumen gewollt, die nicht der Jahreszeit entsprochen hätten und vor allem keine typischen „Totenblumen", wie sie Nelken und Chrysanthemen immer genannt hatte. Die einzige Ausnahme, die sie immer gemacht hatte, war bei Rosen – ihren Lieblingsblumen. Rosen würden zu jeder Jahreszeit passen, sagte sie stets, deshalb durften sie bei den Gestecken natürlich nicht fehlen. Auch das Gesteck, das Cäcilia und Josch hatten machen lassen, bestand überwiegend aus Rosen.

Während der Rede des Pastors, auf die sich Cäcilia überhaupt nicht konzentrieren konnte, sah sie sich unauffällig um und war erstaunt, dass die kleine Kapelle des Friedhofs schon fast wegen Überfüllung geschlossen werden musste. Sie konnte sich nicht daran erinnern, dass sie so viele Leute eingeladen hatten. Es hatte sich offensichtlich rumgesprochen, dass die „Kräuterfrau", wie Oma Anni im Dorf liebevoll genannt wurde, gestorben war. Cäcilia wusste, dass ihre Oma wegen ihres Wissens um Naturheilkunde sehr geschätzt wurde. Oma hatte sich Zeit ihres Lebens damit beschäftigt und vielen Menschen mit ihren Ratschlägen weitergeholfen. Dennoch sah sie Gesichter, die sie überhaupt nicht zuordnen konnte. Eigentlich dachte sie, dass sie die Dorfgemeinschaft zumindest vom Sehen her kennen würde, da sie in ihrer Kindheit und Jugend sehr viel Zeit bei ihren Großeltern verbracht hatte, aber es waren auch Leute anwesend, die sie noch nie zuvor gesehen hatte. „Merkwürdig!", dachte sie. „Wo mögen die alle herkommen?"

Die Rede des Pastors war irgendwann auch zu Ende und die Träger nahmen den Sarg der Verstorbenen auf. Hinter dem Sarg formierte sich der Trauerzug. Zuerst gingen Cäcilias Mutter mit Mann und ihrem Onkel, dahinter Cäcilia mit Josch, hinter ihnen Joschs Familie und dann Nachbarn und Freunde. Vor der Kapelle warteten noch mehr Menschen. Cäcilias Verwunderung wuchs immer mehr. Es war unglaublich, wie viele Menschen Anteil am Tod ihrer Oma nahmen. Sie hätte am liebsten direkt ihre Mutter danach gefragt, aber der Zeitpunkt war jetzt denkbar ungünstig.

Als der Sarg in der Erde verschwunden war, hatte Cäcilia diesen Gedanken bereits vergessen. Ihre Kehle schnürte sich immer mehr zu, als sie ihre Eltern dabei beobachtete, ans Grab zu treten,

Rosen auf den Sarg zu werfen und eine Schaufel Erde hinterher. Sie wusste, jetzt war sie an der Reihe. Als sie am offenen Grab stand und den Sarg in der kalten Erde sah, konnte sie ihre Tränen nicht mehr zurückhalten. Sie dachte nur daran, dass ihre Oma Kälte nicht besonders leiden konnte. Oma liebte das Licht, die Wärme und die Sonne, für Oma waren sie Synonyme für das Leben. Jetzt lag sie da in dem dunklen Sarg, in der kalten Erde ... Nur der Gedanke, dass sie jetzt wieder mit ihrem Opa vereint war, tröstete sie ein wenig. Trotzdem musste Josch sie stützen, ihre Beine waren plötzlich wie Gummi. Sie war froh, als sie vom Grab zurücktreten konnte. Sofort war auch Anna an ihrer Seite.

Cäcilia konnte sich nicht erinnern, wie viele Hände sie geschüttelt und wie viele Beileidsbekundungen sie entgegen genommen hatte, als sie endlich den Friedhof verlassen hatten und in dem Lokal, das sie für die Trauerfeier gemietet hatten, angekommen waren. Es waren jedenfalls sehr viele. Viel mehr, als sie sich je vorzustellen gewagt hätte. Im Lokal waren sie zum Glück nur noch im kleinen Kreis. Noch mehr Menschen hätte Cäcilia an diesem Tag auch nicht mehr ertragen können. Sie war ziemlich mitgenommen und die anderen Familienmitglieder machten auch keinen besseren Eindruck. Die Anstrengungen der letzten Tage machten sich jetzt bemerkbar.

Während des Essens wurden Erinnerungen ausgetauscht. Endlich konnte Cäcilia auch ihre Frage los werden, die ihr auf den Nägeln brannte. „Wo kamen eigentlich die ganzen Menschen her? Die waren doch nicht nur alle aus dem Dorf!", fragte sie. – „Nein, die waren nicht alle aus dem Dorf", antwortete Elisabeth. „Deine Oma war hier in der Gegend sehr bekannt. Man gab ihr die verschiedensten Bezeichnungen. Kräuterfrau und Kräuterhexe waren wohl die häufigsten." – „Das sich Oma mit Kräutern und Naturheilmitteln auskannte, wusste ich ja, aber dass sie auch eine Hexe war, das war mir neu", sagte Cäcilia etwas erstaunt, aber auch belustigt. – „Wie auch immer, Mutter war jedenfalls sehr bekannt und wurde größtenteils sehr respektiert. Es gab aber auch ein paar Schwachköpfe, die meinten, sie als Hexe titulieren zu müssen, weil sie keine Ahnung hatten, aber die waren, zum Glück, in der Unterzahl", ergriff ihre Mutter das Wort und versuchte das Thema mit einem Seitenblick auf Elisabeth zu beenden. – „Wäre ja interessant, darüber mal mehr zu erfahren", fuhr Cäcilia dennoch fort. – „Was auch immer die Leute über sie gesagt haben mögen, sie war eine tolle Frau, eine liebevolle und fürsorgliche Mutter und Oma. Sie hat alle Schiksalsschläge gemeistert, hat immer gekämpft und dabei nie ihren Lebensmut und Optimismus verloren. Mit ihr ist eine großartige Frau von uns gegangen und ich werde sie sehr vermissen! Ich denke, da spreche ich nicht nur für mich", schloss Cäcilias Onkel Gerd das Thema ab.

Cäcilia sah sehr wohl die Blicke, die ihre Mutter und ihr Onkel tauschten und es beschlich sie das Gefühl, dass die beiden, aber auch Elisabeth ein Geheimnis hatten. In diesem Moment wagte sie sich aber nicht mehr das Thema aufzugreifen. Sie war aber entschlossen, dieses bei anderer Gelegenheit noch zu tun, denn irgendetwas wussten die, was sie nicht wusste, aber gerne wissen wollte.

Nach dem Essen löste sich die kleine Gesellschaft ziemlich rasch auf. Cäcilia und Josch fuhren noch mit ihren Eltern zu Großmutters Haus. Joschs Familie zog es vor, gleich den Heimweg anzutreten. Die anderen Trauergäste kamen alle aus dem Dorf oder der näheren Umgebung und hatten keine weiten Wege. Jetzt, wo nur noch der engste Familienkreis zusammen war, wollte Cäcilia das Thema mit Oma doch noch mal anschneiden. Es ließ ihr einfach keine Ruhe. Aber so sehr sie sich bemühte, sowohl ihre Mutter, als auch ihr Onkel wichen ihr aus. Onkel Gerd meinte nur lapidar: „Das Thema soll nun wie Mutter ruhen." Ihre Mutter ging so gar nicht darauf ein und erzählte ausweichend etwas von Kräutern und Naturheilkunde. Für Cäcilia waren das keineswegs befriedigende Antworten. Ihre Neugierde war geweckt und sie war fest entschlossen, mehr darüber zu erfahren. Sie wusste zwar noch nicht wie, aber sie würde schon einen Weg finden. Vielleicht sollte sie in den nächsten Tagen mal mit Magda und Elisabeth reden. Möglicherweise waren die beiden kooperativer. Denn das da mehr war, als man ihr sagen wollte, war ihr klar. Die Art und Weise, wie man auf ihre Fragen antwortete und vor allem die Blicke, die ihre Mutter und ihr Onkel tauschten, sprachen Bände.

Als sie nach Hause fuhren, drehten sich ihre Gedanken nur um dieses Thema, bis Josch sie etwas genervt anfuhr: „Hallo! Erde an Ceci! Ich weiß ja nicht, wo du gerade mit deinen Gedanken bist, aber ich bin auch noch da und habe dich etwas gefragt." – „Entschuldige bitte!", sagte sie etwas kleinlaut. „Der Tag heute war etwas erschlagend für mich. Hattest du eigentlich auch den Eindruck, dass Mama und Onkel Gerd etwas über Oma verheimlichen?" – „Wie verheimlichen? Was soll es da zu verheimlichen geben?", fragte Josch. – „Ich habe den Eindruck, dass die zwei etwas verschweigen. Auf der Trauerfeier war doch die Rede davon, dass Oma so eine Art Hexe gewesen sein soll. Als ich sie darauf ansprach, bekam ich nur ausweichende Antworten. Ich hätte gerne Magda und Elisabeth gefragt, aber an die kam ich heute nicht ran." – „Deine Oma, eine Hexe??? Was ist denn das für ein Quatsch?! Für mich ist das nur dummes Geschwätz. Kein Wunder, dass deine Mutter und Gerd darauf nicht eingegangen sind." – „Das weiß ich ja eben nicht. Mir sagt ja auch keiner etwas." – „Idioten gibt es halt überall. Klar, jeder, der einen Kräutergarten und eine schwarze Katze hat, macht in Hexenkunst", amüsierte er sich. – „Wenn da nichts dran wäre, dann hätten die zwei aber nicht so merkwürdig reagiert!" gab sie trotzig zurück. – „Ceci, komm mal wieder auf den Teppich! Die beiden haben heute ihre Mutter beerdigt. Die hatten bestimmt andere Sorgen als so einen Unsinn. Kommen wir jetzt mal zu einem ganz realen Thema, weit weg von jeglicher Mystik. Was wird eigentlich aus dem Haus und dem anderen Nachlass deiner Oma? Ist da schon etwas geklärt?"

„Da war er wieder, der abgeklärte Realist Josch! Typisch!", dachte sie. „Das passt nicht in sein Denkschema, also wird es als Quatsch abgetan." Cäcilia war klar, dass sie mit ihm das Thema nicht weiter erörtern könnte, aber wozu hatte man eine Schwägerin. Anna würde sie sicherlich verstehen und auch unterstützen. Sie nahm sich vor, Anna gleich am nächsten Tag anzurufen. Vielleicht hatte sie ja auch noch eine Idee, wie man dem Geheimnis näher kommen könnte.

„Ich weiß auch noch nichts Genaues", griff sie die Fragen von Josch wieder auf. „Mama sagte mir, dass wir uns alle am Dienstag beim Familienanwalt einfinden sollen. Da wird dann bekannt gegeben, was in Omas Testament steht." – „Davon hatte ich ja gar nichts mitbekommen", gab er verwundert zurück. – „Konntest du auch nicht. Mama hat es mir irgendwann in der Küche gesagt. Ich hatte völlig vergessen, es dir zu erzählen." – „Da bin ich ja mal auf Dienstag gespannt", sagte Josch.

Cäcilia behielt aber für sich, dass sie eventuell das Haus erben sollte. Sie kannte ihren Mann ja schließlich schon etwas länger und wusste, dass er sofort die Planung aufnehmen würde, was man damit anfangen könnte. Da sie es aber vorzog, nicht mit ungelegten Eiern zu jonglieren, und irgendwie auch ganz andere Sorgen hatte, sagte sie erst einmal nichts. Dieses kleine Geheimnis wollte sie vorerst für sich behalten, nicht wissend, dass dies der Auftakt zu einer aufregenden Zeit werden sollte.

3. Testamentseröffnug

Die Tage bis zur Testamentseröffnung verliefen für Cäcilia relativ ereignislos. Sie hatte ihrer Mutter bei den Danksagungen geholfen. Man hatte sich darauf geeinigt, nur ganz wenigen Leuten einen persönlichen Dank zu schicken. Eine Annonce in der Zeitung sollte für den Rest genügen. Cäcilia hatte erneut versucht, das Thema aufzugreifen, aber hat bei ihrer Mutter wieder auf Granit gebissen. Anna hingegen hatte nicht nur Verständnis, sondern ließ sich von ihrer Neugierde regelrecht anstecken. Sie waren in dieser Angelegenheit jetzt Verbündete. Josch war selbst schuld, dass sie mit ihm nicht mehr darüber sprach. Warum war er auch so verstockt! Anna wollte sich mal vorsichtig bei ihren Eltern erkundigen, ob die etwas wüssten, denn ihre Mutter hatte häufiger Kontakt zu Cäcilias Oma. Vielleicht konnte sie ja etwas in Erfahrung bringen. Anna teilte auch ihre Meinung, dass man es auf jeden Fall über die Maibachs versuchen sollte. Cäcilia hätte es am liebsten sofort gemacht, aber sie fand es nicht so angebracht, einfach anzurufen und nachzufragen. Sie wollte da lieber persönlich nachhaken.

Der Dienstag kam und so fuhren sie mal wieder in den Harz, wo der Familienanwalt seine Kanzlei hatte. Cäcilia versuchte sich auf dem Weg dahin nichts anmerken zu lassen, aber sie war ziemlich aufgeregt. Ihr schossen tausend Fragen durch den Kopf. Was erwartete sie bei dem Termin? Erbte sie das Haus? Was sollte sie mit dem Haus anstellen, falls sie es tatsächlich erben sollte? Würde sie dadurch dem Geheimnis näher kommen?

„Ceci, wo bist du wieder mit deinen Gedanken? Warum bis du so nervös?", sprach Josch sie schon zu Hause auf ihre Nervosität an. – „Ich fahre halt nicht jeden Tag zu einer Testamentseröffnung", erwiderte sie. – „Das ist schon klar! Aber dabei reißt dir doch keiner den Kopf ab", sagte Josch. „Ich bin echt gespannt, was dabei herauskommt. Deine Großeltern waren ja nicht gerade arm. Wenn man überlegt, was die Schreinerei heute noch einbringt. Dein Papa hätte sich als Architekt längst zur Ruhe setzen können. Es war wirklich geschickt, die Schreinerei mit Gewinnbeteiligung zu verpachten. Dein Onkel lebt ja auch gut davon und von seiner Beratertätigkeit. Außerdem möchte ich nicht wissen, was dein Opa noch für den Hof und die Ländereien bekommen hat. So wie ich ihn einschätze, eine ganze Menge, denn er hatte ja wirklich ein Händchen für Finanzen", plauderte Josch die ganze Zeit drauflos. Cäcilia hörte nur halb zu. Es interessierte sie wirklich knapp die Hälfte, wie umfangreich der Nachlass sein könnte. Viel mehr interessierte sie, welches Geheimnis ihre Oma umgab.

Alle erschienen pünktlich zum Termin. Der Anwalt, der auch zu den Trauergästen gehört hatte, begrüßte die Familie. Der Umgangston war mehr freundschaftlich als formell, da sich die Beteiligten – mit Ausnahme von Cäcilia und Josch – schon seit langer Zeit kannten. Zu Cäcilias Überraschung waren auch Magda und Elisabeth anwesend. Sie fragte sich, was die zwei wohl mit dem Testament ihrer Oma zu tun hätten. Während der Testamentseröffnung glaubte Cäcilia, im falschen Film zu sein. Plötzlich fielen ihr die Worte ihres Mannes wieder ein, der ja gesagt hatte, dass das Erbe üppig sein dürfte und Opa ein Händchen in finanziellen Dingen hatte. Wie richtig er damit lag!

Tatsache war, dass Cäcilia tatsächlich das Haus samt Inventar und Grundstück sowie einen Teil des aktiven Vermögens erbte. Besonders vermerkt war, dass sie auf jeden Fall die alte Eichentruhe samt Inhalt erhalten sollte. An dieser Stelle tauschten ihre Mutter und ihr Onkel vielsagende Blicke, zuckten nur kurz mit den Achseln und Cäcilia hörte ihre Mutter leise seufzen. Cäcilia nahm dies zwar zur Kenntnis, konnte dem in dieser Situation aber noch keine Bedeutung beimessen.

Die anderen Anwesenden wurden ebenfalls großzügig bedacht. Ihre Mutter und ihr Onkel bekamen den Rest des Aktivvermögens, der nicht unerheblich war. Den Maibachs hinterließ sie das kleine Häuschen mit Garten, das sie schon seit ewigen Zeiten bewohnten, allerdings unter der Bedingung, dass sie sich bis zu seinem Lebensende um Kater Arthur kümmern müssten. Die beiden Damen konnten die Tränen der Rührung kaum zurückhalten und akzeptierten die Bedingung gerne. Cäcilia zweifelte nicht eine Sekunde daran, dass sie den Kater auch genommen hätten, wenn es nicht so im Testament gestanden hätte. Er wohnte seit Omas Tod sowieso schon bei den beiden. Sie war lediglich überrascht, dass das Haus ihrer Oma gehört hatte und die beiden nur zur Miete dort wohnten. Offensichtlich hatte sie bisher nicht alles über ihre Oma gewusst. Da niemand Einwände gegen das Testament erhob, war der Termin nach einer knappen Stunde vorbei. Die Formalitäten der Vollstreckung mussten jetzt nur noch vom Anwalt in die Wege geleitet werden.

Nach dem Termin fuhren alle gemeinsam zu den Maibachs, die spontan zum Kaffee eingeladen hatten. Im Haus angekommen, wurde Magda von ihren Gefühlen überwältigt und sie sagte: „Das ich das noch erleben darf. Ein eigenes Haus! Anni, ich danke dir! Du warst Zeit deines Lebens ein herzensguter Mensch und du bist es noch darüber hinaus. Arthur wird es immer gut bei uns haben, das verspreche ich dir!" – „Ich auch!", stimmte Elisabeth zu. „Ich kann es auch noch nicht fassen, dass das jetzt wirklich uns gehört." Sie breitete die Arme aus und drehte sich einmal im Kreis, dann sah sie Cäcilia an und meinte: „Cäcilia hättest du gedacht, dass wir mal Nachbarn werden?" – „Nein", erwiderte Cäcilia, „aber ich könnte mir schlechtere Nachbarn vorstellen. Ich hätte doch auch nie im Traum daran gedacht, dass Oma ausgerechnet mir das Haus vererbt. Das muss auch ich erst einmal verarbeiten." – „Ich habe mir so etwas schon gedacht", mischte sich Onkel Gerd ins Gespräch. „Mutter hatte es zwar nie direkt gesagt, aber ihre Andeutungen ließen darauf schließen. Ich finde das auch völlig in Ordnung. Brigitte, du doch auch, oder?" – „Für mich war das auch keine wirkliche Überraschung. Ich kann damit gut leben", erwiderte Cäcilias Mutter. – „Kannst du auch damit leben, mir zu erklären, was es mit der Truhe auf sich hat, die Oma ja offensichtlich so am Herzen lag", wollte Cäcilia von ihrer Mutter wissen.

Diese tauschte kurz einen Blick mit ihrem Bruder und den Maibachs und sagte dann: „Ceci, dazu muss ich dir etwas mehr erzählen. Lass uns das Thema auf morgen oder übermorgen verschieben, aber dann stehe ich dir ausführlich Rede und Antwort. Das verspreche ich dir!" – „Da bin ich ja mal gespannt. Ich habe doch gewusst, dass da irgendetwas im Busch ist, was man mir lieber verheimlichen wollte." – „Wenn deine Mutter dir alles erzählt, wirst du es verstehen", sagte ihr Onkel leise. – „Nun, nun, so schlimm ist das alles auch nicht, dass wir uns hier die Stimmung verderben lassen müssen", versuchte Magda die Stimmung wieder aufzuheitern.

Bei Kaffee und Kuchen, den man unterwegs noch besorgt hatte, stieg die Stimmung tatsächlich wieder. Man plauderte noch fröhlich und die älteren hatten alle noch Geschichten über Oma und die „guten, alten Zeiten" zu erzählen. Selbst Cäcilia ließ sich von den Erzählungen einlullen und vergaß darüber ihre Neugierde. Sie hatte jetzt so lange warten müssen, da käme es auf einen Tag mehr oder weniger auch nicht mehr an.

Es war schon spät, als sie sich verabschiedeten. Cäcilia warf noch einen letzten Blick auf das Nachbarhaus, das Haus, welches jetzt ihr gehörte.

„Ich hatte doch recht!", sagte sie im Auto zu Josch. – „Womit?", fragte er etwas verwirrt. – „Damit, dass sie mir etwas verschwiegen haben." – „Ich weiß wirklich nicht, was du mit deiner Heimlichtuerei hast. Glaubst du neuerdings an irgendwelche Verschwörungstheorien?" – „Nein! Hast du nicht zugehört? Mama hat mir etwas zu erzählen und das dauert länger. Das sagt doch wohl alles!" reagierte sie ärgerlich.

Sie konnte es absolut nicht leiden, wenn er so herablassend tat, als würde nur er in der Realität leben und sie, Cäcilia, in einer Traumwelt. Sie lebte durchaus in der Realität, aber im Gegensatz zu Joschs war ihre nicht nur schwarz und weiß, sondern beinhaltete auch Grautöne.

„Ich glaube, da wird viel Wind um nichts gemacht. Naja, vielleicht gibt es ja wirklich eine kleine Geschichte rund um die Truhe, so eine Art Familiengeheimnis. Vielleicht verwahrte deine Oma darin Babysachen, die schon ewig in Familienbesitz sind oder Ähnliches. Du weißt ja, sie wollte immer einen Enkel. Warum wäre sie sonst extra im Testament erwähnt worden. Du wirst ja in den nächsten Tagen erfahren, was es damit auf sich hat", lenkte Josch ein, der ihre Verärgerung bemerkt hatte.

„Naja!", dachte Cäcilia, „Wenigstens merkt er doch, wenn mir etwas gegen den Strich geht." Ihr Ärger ließ ein wenig nach.

„Ja", sagte sie jetzt wieder freundlicher, „auf die Geschichte bin ich echt gespannt." – „Hattest du eigentlich eine Ahnung, dass du das Haus erben würdest?", fragte er. – „Nein, woher sollte ich das wis-

sen", schwindelte sie ein wenig. „Ich war auch völlig überrascht."
Ganz ehrlich bemerkte sie weiter: „Ich habe auch nicht gewusst,
dass die Maibachs Omas Mieter waren. Die wohnen schon da, seit
ich denken kann. Erst die ganze Familie, später Magda allein, nachdem ihr Mann tot war und dann, nach ihrer Scheidung, kam Elisabeth zurück. Irgendwie finde ich, steht ihnen das Haus zu. Ich freue
mich total für sie. Muss doch ein tolles Gefühl sein, wenn einem
plötzlich das Haus gehört, dass man eigentlich schon immer be-
wohnt hat. Das kann einem keiner mehr streitig machen. Irgendwie
schon irre!" – „Das ist wirklich eine noble Geste von deiner Oma.
Ich meine, einerseits war sie zwar so, immer großzügig; aber andererseits müssen die zwei ihr sehr viel bedeutet haben, sonst hätte sie
es nicht gemacht. Drücken wir es mal vorsichtig so aus: In ihren
Augen müssen sie es wert gewesen sein." – „Ja, das stimmt wohl!
Das war Omas Art. Wer es wert war, konnte alles von ihr bekommen; wer nicht, maximal noch einen bösen Blick. Oma und Magda
kannten sich aber auch von klein auf und sind durch dick und dünn
gegangen." – „Eine lebenslange Freundschaft also. So etwas hat
heute Seltenheitswert. Hast du eigentlich überlegt, was du jetzt mit
dem Haus und dem Grundstück machst?" –
„Eine typische Josch Frage!", sagte sich Cäcilia und war fast enttäuscht, dass er sie nicht schon eher gestellt hatte. „He, mal langsam!
Gerade habe ich erfahren, dass ich Hausbesitzerin bin, habe das
noch nicht ganz realisiert und dann soll ich schon wissen, wie es
weitergeht?", beantwortete sie Joschs Frage. „Ich mache mir da
Gedanken drum, wenn ich von Mama alles erfahren habe. Dann ist
es immer noch früh genug. Das Haus läuft nämlich nicht weg." –
„Ist ja gut, reg dich nicht gleich auf! War ja auch nur eine Frage."

Damit endete das Gespräch und auch die Rückfahrt, denn
sie waren zu Hause angekommen. Cäcilia hätte am liebsten noch
Anna angerufen und ihr die Neuigkeiten erzählt, aber es war schon
zu spät. Und so entschied sie sich dazu, das Telefonat auf den nächsten Tag zu verschieben.

Am nächsten Morgen rief Cäcilia ganz früh ihre Mutter an. Ihre
Neugierde hatte sie kaum schlafen lassen.

„Ceci, du rufst aber früh an. Ich hatte aber schon mit dir gerechnet. Du hattest keine Ruhe mehr, stimmt's?", hörte sie ihre Mutter am anderen Ende der Leitung sagen. – „Nein, aber du warst heute Punkt eins auf der Liste meiner Erledigungen", versuchte sie sich rauszureden. „Ich habe heute noch so viel zu tun. Wer weiß, wann ich sonst dazu gekommen wäre." – „Ach so! Ich hatte schon gedacht ... Dann ist es ja nicht so eilig", nahm ihre Mutter sie jetzt völlig auf den Arm. „Eigentlich wollte ich dir vorschlagen, dass wir zwei morgen früh in den Harz fahren und ich dir vor Ort alles erzähle. Gerd und ich müssen beim Anwalt auch noch Papiere unterschreiben, dann könnte ich alles auf einem Weg erledigen. Aber wenn du so beschäftigt bist, dann hast du dafür sicherlich keine Zeit. Bei dir ist in den letzten Tagen bestimmt auch viel liegen geblieben." – „Doch, doch", versicherte Cäcilia schnell, „die Zeit nehme ich mir einfach. Ich kann ja heute schon vorarbeiten." – „Gut, dann würde ich vorschlagen, dass ich dich morgen um zehn abhole. Ich rufe gleich noch beim Anwalt an, dass er die Papiere für morgen fertig macht und sage meinem Bruder Bescheid." – „Mama, kannst du mir nicht andeutungsweise sagen, worum es geht?", bettelte Cäcilia regelrecht. – „Ceci, gedulde dich bis morgen. Ich weiß, dass Geduld nicht gerade deine Stärke ist, aber das wirst du ja wohl schaffen. Ich wünsche dir noch einen schönen Tag und arbeite nicht so viel."

„Toll!", überlegte sie. „Ich bin nicht einen Schritt weiter und muss noch bis morgen warten!" Geduld war wirklich nicht ihre Stärke. Sie versuchte Anna anzurufen, aber die war nicht da. Mit irgendwem musste sie jetzt aber reden. Also zog sie los und suchte ihren Mann. In seinem Arbeitszimmer fand sie ihn. Josch, der an diesem Tag noch frei hatte, saß vor seinem Computer starrte den völlig gebannt an. „Ich habe gerade mit Mama telefoniert. Wir fahren morgen früh in den Harz", sprach sie ihn an. – „Macht das! Ich muss morgen wieder zur Arbeit. Da habt ihr ja schön Zeit", bemerkte er. – „Ach, je! Heute ist ja dein letzter freier Tag", erwiderte sie. „Ich müsste noch zwei dringende Dinge erledigen, dann könnten wir heute aber noch etwas gemeinsam unternehmen, falls du Zeit und Lust dazu hast." – Josch überlegte kurz und sagte dann: „Ich schlage es ja nur ungern vor, aber könnten wir shoppen gehen?

Ich bräuchte noch ein paar neue Klamotten für die Arbeit. Wenn ich dich mitnehme, dann finde ich wenigstens etwas Gescheites. Anschließend könnten wir ja schön essen gehen und dein Erbe feiern. Das haben wir nämlich auch noch nicht getan." – „Stimmt! Das hört sich doch gut an", gab sie zur Antwort. „Ich beeile mich."

Sie entschieden sich, ins nahegelegene Einkaufszentrum zu fahren und anschließend bei ihrem Lieblingsitaliener zu essen.

4. Das Erbe

Dadurch, dass Josch wieder arbeiten ging, kehrte langsam so etwas wie Normalität zurück in Cäcilias Leben. Die Tage seit Omas Tod hatten irgendwie etwas Irrationales, fand Cäcilia. Es war nur schwer zu erklären, obwohl man eigentlich normale Dinge tat, waren sie doch nicht ganz normal, weil man sie nicht getan hätte, würde Oma noch leben. Ein Anwaltsbesuch ist schließlich nichts Ungewöhnliches, wenn man dabei aber ein ganzes Haus erbt, dann irgendwie schon. Cäcilia musste feststellen, dass ihre gedankliche Welt etwas aus den Fugen geraten war. Zum Grübeln hatte sie aber nicht mehr viel Zeit, da es schon fast zehn Uhr und ihre Mutter in der Regel sehr pünktlich war. Also zog sie ihre Schuhe an, warf einen letzten, prüfenden Blick in den Spiegel, nahm Mantel und Handtasche von der Garderobe, schaute noch schnell in der Küche nach der Kaffeemaschine und da klingelte es auch schon.

„Guten Morgen, Ceci", begrüßte ihre Mutter sie, als sie zu ihr ins Auto stieg. – „Guten Morgen, Mama", erwiderte Cäcilia und gab ihrer Mutter einen Kuss auf die Wange. Ein Ritual, das sie seit ihrer Kindheit beibehalten hatte. – „Können wir?", fragte ihre Mutter. – „Also ich bin fertig und schon mächtig gespannt, welch ‚dunkles' Geheimnis Oma umgab." – „Es gibt kein ‚dunkles' Geheimnis!", reagierte ihre Mutter etwas ärgerlich. „Ich sagte doch bereits, dass ich dir alles ausführlich vor Ort erläre." Mit diesen Worten brach sie das Gespräch einfach ab und Cäcilia wusste nur zu genau, dass sie gar nicht erst wieder davon anfangen sollte.

Die Fahrt in den Harz verlief, bis auf ein paar belanglose Neuigkeiten, die Cäcilias Mutter in Kurzform von sich gab, ziemlich schweigsam. Ein kleiner Stau verzögerte die Fahrt ganz kurz, dennoch kam sie Cäcilia unendlich lang vor. Endlich waren sie im Ort und bogen in die Einfahrt zu Omas Haus ein. Cäcilia stieg aus dem Auto, der Kies knirschte unter ihren Schuhen und sie hatte einen dicken Kloß im Hals bei Anblick des Hauses. „Das alles ist mein!", war der Gedanke, der sie plötzlich durchschoss. Sie wusste beim besten Willen nicht, was sie denken, fühlen oder sagen sollte. Letzteres übernahm dann auch ihre Mutter für sie mit den Worten: „Hier, der Schlüssel. Schließlich bist du jetzt die Hausherrin. Du musst jetzt dein neues Haus in Besitz nehmen." – „Hausherrin, wie sich das anhört!", Cäcilia schüttelte ihren Kopf, so dass ihr langes, rotbraunes Haar flog.

Die Maibachs hatten ihre Ankunft inzwischen auch schon bemerkt. Elisabeth öffnete das Küchenfenster und rief den beiden zu: „Wenn ihr nachher fertig seid, dann kommt doch noch auf einen Kaffee rein." – „Das machen wir", antwortete Cäcilias Mutter. – „Ich habe einen besseren Vorschlag!", meinte Cäcilia. „Soweit ich mich erinnern kann, ist noch Kaffee im Haus. Wenn wir fertig sind, sagen wir kurz Bescheid und ihr kommt rüber. Dann habe ich wenigstens schon mal meinen Einstand für meine direkten Nachbarn gegeben."

So verblieben sie letztlich und Cäcilia betrat zum ersten Mal das Haus ihrer Oma als Hausherrin. Sie fühlte sich aber nicht als solche. Sie wusste gar nicht, wie sie man sich als Hausherrin fühlen sollte. Am Tag der Beerdigung betrat sie das Haus noch als Enkelin. Ein Haus, das sehr viele, sehr schöne Kindheitserinnerungen barg und etwas Verklärtes für sie hatte. Jetzt, mit dem Wissen, dass es ihr Eigentum war, hatte sich etwas verändert, das sie nicht hätte erklären oder beschreiben können. Nicht, dass die Erinnerungen weniger schön oder intensiv gewesen wären, auch das Verklärte war noch da, dennoch war etwas anders.

Sie folgte ihrer Mutter in die Küche, die man eher als Wohnküche bezeichnen konnte, und sie kochten erst einmal einen Kaffee.

„Möchtest du dir dein Haus ansehen, bevor der Kaffee fertig ist?", fragte ihre Mutter. – „Ja, ich glaube, das mache ich. Das geht doch in Ordnung, wenn ich mir alle Räume mal ansehe?", wollte Cäcilia wissen. – „Kind, warum fragst du? Es gehört alles dir und du kannst hier tun und lassen, was du willst. Eher hätte ich jetzt zu fragen. Ich hantiere hier wie selbstverständlich rum." Sprach's und öffnete völlig unbekümmert die Tür zum Garten. Cäcilia beobachtete die Szene und musste unwillkürlich schmunzeln. „Das ist Mama! Immer nach der Devise: nicht lange fackeln, sondern handeln!", dachte sie. – „Arthur, was machst du denn hier? Gefällt dir dein neues Zuhause nicht mehr oder wolltest du nur gucken, ob ein Wunder geschehen und dein Frauchen wieder da ist?", fragte Cäcilias Mutter den Kater, der zur Tür hereinspaziert kam und zur Begrüßung maunzte. Dieser schlich einmal um ihre Beine und machte sich schnurstracks auf den Weg ins Wohnzimmer, wo er sich auf das Sofa legte.

„Das ist wohl sein Lieblingsplatz", stellte Cäcilia fest. – „Nein, Mutters und sein Lieblingsplatz waren der Fernsehsessel. Den scheint er aber nicht mehr zu mögen, nachdem sie darin gestorben ist. Soll ich ihn vom Sofa scheuchen?" – „Nein, lass ihn ruhig da liegen", sagte Cäcilia, der bei den Worten ihrer Mutter schmerzlich bewusst wurde, dass sie in den letzten Jahren nicht mehr sehr viel vom Leben ihrer Oma mitbekommen hatte. „Was machen wir jetzt mit dem Sessel? Ich möchte ihn nicht unbedingt behalten." – „Ich ihn auch nicht! Die Frage ist aber nicht nur, was wird aus dem Sessel, sondern mit allem hier. Willst du das Haus behalten? Vielleicht für dich selbst nutzen? Willst du es verkaufen oder vermieten? Die Fragen sind alle noch offen, oder?" – „Ich habe mir darüber – ehrlich gesagt – noch keine Gedanken gemacht. Die Fragen waren erst einmal sekundär. In erster Linie würde es mich interessieren, was es mit dem Gerede auf sich hat, dass Oma eine Hexe war. Außerdem möchte ich wissen, warum ihr bis zur Testamentseröffnung alle so komisch und ausweichend zu mir wart. Eigentlich habe ich immer noch das Gefühl, dass du irgendwie komisch bist und dich unheimlich schwer damit tust, mir alles – was auch immer – zu erzählen. So schlimm kann es doch auch nicht sein, oder?" – „Ich bin nicht komisch! Meine Gefühle sind nur etwas zwiespältig. Wenn ich dir alles erzählt habe, dann wirst du mich vielleicht ein wenig verstehen können. Möchtest du in der guten Stube den Kaffee trinken oder in der Küche?"

Seit Cäcilia denken konnte, war die Küche Dreh- und Angelpunkt in diesem Haus. Die anderen Räume hatten nicht annähernd ihre Bedeutung. In der Küche wurde gekocht, gebacken, gegessen, geklönt, gespielt, gefeiert, eigentlich wurde dort fast alles gemacht, außer fernsehen und schlafen. Also entschied sie sich für die Küche.

„Du willst also wissen, was wir bisher vor dir verheimlicht haben und warum manche Leute behaupten, meine Mutter sei eine Hexe gewesen. Ich hoffe, du sitzt gut, denn es wird etwas länger dauern", eröffnete ihre Mutter das Gespräch, das Cäcilia so sehnsüchtig erwartet hatte. Cäcilia war so aufgeregt, dass sie ihrer Mutter nur kurz zunicken konnte. Sie fühlte sich in ihre Kindheit zurückversetzt, wenn sie abends im Bett lag und ganz aufgeregt auf eine der spannenden Geschichten wartete, die ihr ihre Eltern oder auch ihre Großeltern so oft erzählt hatten.

„Also gut, wo fange ich am besten an? Fangen wir bei der Bezeichnung Hexe an. Die mochte deine Oma gar nicht gerne hören und sie hat sich auch nie selbst so bezeichnet. Hexe ist auch eher negativ behaftet und stammt, soweit ich informiert bin, aus der Zeit der Hexenverfolgung. Meine Mutter sah sich eher als Frau an, der bestimmte Fähigkeiten in die Wiege gelegt worden waren und die sie zu nutzen wusste. Frauen wie meine Mutter nannte man in ganz alten Zeiten weise Frauen, Kräuterfrauen, manchmal auch Heilerinnen oder Seherinnen, Hebammen oder Sterbebegleiterinnen, je nachdem worauf sie ihren Schwerpunkt gesetzt hatten." Cäcilias Mutter machte eine kurze Pause.

„Aber das ist doch nichts, was man verheimlichen müsste", merkte Cäcilia an. – „Nein, eigentlich nicht", erwiderte ihre Mutter. „Du weißt aber auch, mein Kind, dass Andersartigkeit bei vielen Menschen auf Unverständnis und Ablehnung stößt. Außerdem gibt es in der Familiengeschichte so viele wiederkehrende Phänomene, dass ich dich davor bewahren und die Kette unterbrechen wollte. Deine Oma war anfangs dagegen, weil das uralte Wissen seit Generationen innerhalb der Familie weitergegeben worden ist. Es ist wirklich ganz altes Wissen, das seine Wurzeln in der keltischen Kultur hat. Keiner hat eine Ahnung, seit wann es schon zur Familie gehört. Wie gesagt, deine Oma war nicht gerade begeistert, aber letztendlich hatte ich sie doch überredet und sie hielt sich dir gegenüber auch stark zurück. Und das ist ihr verdammt schwer gefallen. Du solltest eigentlich nie etwas darüber erfahren. Vor Mutters Tod muss irgendetwas passiert sein, von dem ich allerdings auch nichts weiß, was ihre Meinung geändert hat. Vielleicht finden wir – beziehungsweise du – die Antwort ja bei ihren Sachen in der Truhe." – „Was für Sachen meinst du?", fragte Cäcilia, die inzwischen völlig verwirrt war. – „Alle Utensilien und Aufzeichnungen, die sie für ihre Arbeit brauchte", antwortete ihre Mutter. – „Was hatte Oma denn für besondere Fähigkeiten, außer denen, die ich kenne wie Güte, Warmherzigkeit, Verständnis – und klar, ihre hellseherischen Fähigkeiten", versuchte Cäcilia zu scherzen, obwohl sich ihre Gedanken inzwischen überschlugen. – „Hellsehen gehörte nicht unbedingt zu ihren Stärken, dafür hatte sie aber starke Ahnungen und Visionen", kommentierte ihre Mutter den Scherz.

Cäcilia musste schlucken. Ihre Gedanken überschlugen sich. So schnell konnte sie gar nicht verarbeiten, was sie gerade gehört hatte, bis sie ein Gedanke wie ein Blitz traf. Sie sah ihre Mutter an und stammelte: „Du auch? Bist du etwa auch? Wie soll ich es nennen? Eine Hexe? Und ich?" – „Was mich anbelangt, so kann ich deine Frage mit ja beantworten. Auch wenn meine Fähigkeiten verkümmert sind und ich mein Wissen wieder auffrischen müsste. Bei dir weiß ich es nicht genau, aber ich habe es im Gefühl. Deine Oma hingegen war sich sicher." – „Also wird man als Hexe geboren?" – „Darüber gehen die Meinungen auseinander. Manche sagen ja, andere sagen, man kann es erlernen. Ich denke, dass in beidem ein bisschen Wahrheit steckt. Mit Sicherheit kann man nur sagen, dass es eine Lebenseinstellung ist. Es ist sicherlich einfacher zu solch einer Einstellung zu kommen, wenn man schon in eine Hexenfamilie hinein geboren wird. Gewisse Gaben oder Befähigungen, die wir von Geburt haben, begünstigen die Entwicklung noch zusätzlich. Es ist eigentlich wie überall anders auch. Nur weil man als Königs- oder Künstlerkind geboren wird, heißt das nicht automatisch, dass man ein guter König oder ein großer Künstler wird. Andersrum werden Kinder geboren, deren angeborenes Talent außerordentlich ist und die ganz groß werden, wobei sich niemand erklären kann, woher die Gabe stammt. Bei Hexen ist das auch nicht anders. Der Glaube an sich, Fleiß und die Bereitschaft zu lebenslangem Lernen sind auch hier die wichtigsten Voraussetzungen." – „Also, wenn man nicht an Hexerei und das ganze Drumherum glaubt, dann kann man auch keine werden?" – „So ist es!" – „Was waren das denn für Phänomene, vor denen du mich schützen wolltest?", wollte sie von ihrer Mutter wissen. – „Wie du ja weißt, habe ich dich mit 27 Jahren bekommen, davor hatte ich zwei Fehlgeburten. Als ich geboren wurde, war meine Mutter ebenfalls 27 und auch sie hat zwei Kinder verloren, sogar auf noch tragischere Weise. Deine Urgroßmutter war bei Mutters Geburt ebenfalls 27 und auch sie hat zwei Kinder verloren. Bei deiner Ururgroßmutter war es genauso. Als du Josch vor fünf

Jahren kennenlerntest, hatte ich schon Angst, dass es jetzt weitergehen würde. Du glaubst nicht, wie ich an deinem 28sten Geburtstag aufgeatmet habe!" – Cäcilia, die aufmerksam zugehört hatte, sagte nur: „Das kann ich mir vorstellen! Warum hattest du nach mir eigentlich keine Kinder mehr? Dann wäre die Kette doch auch unterbrochen worden, oder?" – „Deine war schon eine absolute Risikoschwangerschaft. Dein Vater und ich waren froh, als du gesund auf der Welt warst. Danach rieten mir die Ärzte von weiteren Schwangerschaften ab", erklärte ihre Mutter. – „Das habe ich gar nicht gewusst", stellte Cäcilia fest. – „Tja, das ist auch nichts, womit eine Frau hausieren geht."– „Kann ich verstehen!", sagte Cäcilia und nahm spontan die Hand ihrer Mutter. „Gibt es noch mehr, was ich wissen sollte?" – „Ich glaube, für heute ist es erst einmal genug. Ach so, das Gerede über Mutter begründete sich darin, dass sie Kräutermischungen zusammengestellt hat, aus Runen gelesen, Karten gelegt und ein wenig geweissagt hat. Ihre Stärke war aber die praktische und emotionale Lebenshilfe. Du weißt ja selbst, dass Oma für Probleme immer ein Ohr hatte und Rat wusste oder nach einer praktikablen Lösung gesucht hat. Sie hat dafür nie Geld genommen, bekam aber trotzdem alle möglichen Zuwendungen. Da sie von ziemlich vielen Leuten aufgesucht wurde, hat sich halt rumgesprochen, was sie machte und manche fanden es schräg, schrullig, merkwürdig oder wie auch immer. So, ich glaube, das Wesentliche haben wir jetzt. Alles Weitere wird sich ergeben, wenn du alles verarbeitet hast. Sollen wir jetzt mal nach oben gehen und in die Truhe schauen. Mich würde interessieren, ob Mutter einen Hinweis hinterlassen hat, warum sie ihre Meinung geändert hat." – „Das können wir gerne tun. Ich bin gespannt, was wir da alles finden."

Die beiden Frauen verließen die Küche und stiegen die Treppe hoch ins Obergeschoss. Die alte Truhe stand im Schlafzimmer am Fußende des Bettes. Die Eichentruhe war zirka anderthalb Meter breit, etwa sechzig Zentimeter hoch und ebenso tief. Der Deckel war gewölbt, sie hatte Metallbeschläge, aber kein Schloss. Cäcilias Herz pochte ganz laut und ihre Hände waren vor Aufregung ganz feucht, als sie die Truhe öffnete. Sie war überrascht, wie geordnet alles in der Truhe war. Obenauf lagen zwei Briefe. Der eine war an sie adressiert, der andere an ihre Mutter. Sie reichte den

Brief ihrer Mutter. Diese nahm ihn und sagte mit leiser Stimme: „Ich lese ihn nachher in Ruhe zu Hause." – „Klar, ich lese meinen auch später", erwiderte Cäcilia. „Kannst du mit den Sachen hier etwas anfangen?" – „Nicht mit allen, wie gesagt, ich habe das Thema lange ruhen lassen, aber mit den meisten kann ich etwas anfangen. Dir jetzt jede Einzelheit zu erklären, würde zu lange dauern. Ich sage dir jetzt nur grob etwas zum Inhalt. Du kannst aber jederzeit fragen. Bevor ich jedoch ins Detail gehe, möchte ich einfach erst den Brief gelesen haben. Ich hoffe, du bist einverstanden", äußerte sich Brigitte.

Cäcilia war einverstanden, aber sie wollte von ihrer Mutter wissen, was das für Bücher waren, die sich auf der rechten Seite der Truhe stapelten. Ihre Mutter erklärte ihr, dass es sich dabei um Grimoiren handelte. Bücher, in denen jeder, der sich mit der Hexenkunst beschäftigte, seine Vor- und Nachbereitungen von Ritualen, Rezepte, Zaubersprüche, Erkenntnisse und Erfahrungen niederschrieb. In der Truhe befanden sich nicht nur Omas Bücher, sondern auch die von deren Mutter und Großmutter. „Hast du auch so ein Buch?", fragte Cäcilia ihre Mutter. – „Ja, ich habe sogar mehrere Schattenbücher. Im Laufe der Jahre hat sich einiges angesammelt. Ich glaube, seit deiner Geburt habe ich aber nichts mehr reingeschrieben", erwiderte diese. – „Ob ich so ein Buch mal mitnehmen und lesen darf?" – „Ceci, sie gehören jetzt dir. Du kannst tun, was du willst." – „Was ist das hier?" Cäcilia hielt ihrer Mutter fragend einen Dolch hin. – „Athame, Mutters Ritualdolch." Vorsichtig nahm sie den Dolch an sich. „Ich hatte fast vergessen, welche Faszination er immer auf mich ausübte." – „Hast du auch einen?" – „Ja, das habe ich." – „Und was ist das andere alles?" – „Die Tücher sind Altartücher. Mutter hat je nach Anlass verschiedene Farben benutzt. In den Samtbeuteln sind magische Wurzeln, Kräuter, Heilsteine und Mutters Runen. Ich glaube, ihre Tarotkarten hat sie unten in der Küche. Was im Einzelnen noch in der Truhe ist, müsste ich auch erst nachsehen und sie ausräumen. Was obenauf liegt, ist ihr Standardwerkzeug gewesen. Hast du für heute erst einmal genug gesehen und gehört? Ist deine Neugierde für's erste befriedigt? Sollen wir langsam die Maibachs zum Kaffee rüberholen? Es ist schon fast halb zwei, um drei ist der Termin beim Anwalt und irgendwann wollen wir ja auch zurück", bemerkte Brigitte. – „Ja, du hast recht! So interessant das auch alles ist, ich fühle mich im Moment etwas erschlagen. Der Rest hat Zeit. Es läuft mir ja nichts weg", gab Cäcilia zurück, obwohl sie eigentlich noch lieber gestöbert hätte. Das sie sich überfordert fühlte, war aber die Wahrheit.

Wie am Vormittag versprochen, holten sie Elisabeth und Magda auf einen Kaffee rüber. Cäcilia hatte den Eindruck, dass die zwei sehr erleichtert waren, dass sie jetzt offen über Oma reden konnten. Während sich ihre Mutter mit den Maibachs unterhielt, fragte sie sich, wie sie den heutigen Tag ihrem Mann erklären sollte. Sollte sie sagen: „Hi, Liebling! Deine Frau ist vermutlich eine Hexe, stammt zumindest von einer ab", oder, „Hallo, Liebling! Meine Familie war schon immer etwas anders, aber jetzt glauben die auch noch an Hexen und Magie". Sie hatte keine Ahnung, was sie sagen sollte, zumal sie selbst noch nicht wusste, was sie von all dem halten sollte. Sie war einfach nur verwirrt und es fiel ihr extrem schwer, dem Gespräch zu folgen.

Als die Maibachs gingen, nahmen sie Arthur mit, der allerdings seinen Sofaplatz verteidigte. Da er freiwillig nicht mitwollte, nahm Elisabeth ihn kurzerhand auf den Arm. Cäcilia war froh, als sie wieder mit ihrer Mutter allein war. Diese hatte sehr wohl den Gemütszustand ihrer Tochter bemerkt. Sie sprach sie an: „Ceci, ich weiß, du kannst das alles noch nicht fassen, was du heute gesehen und gehört hast. Ich denke, es wäre leichter für dich gewesen, wenn die Truhe voller Goldstücke oder Ähnlichem gewesen wäre. – „Nein, aber zumindest irgendwelche alten Babysachen, wie Josch es vermutet hatte. Da hätte ich im Moment mehr mit anfangen können", gab sie zurück. – „Lass uns deinen Onkel abholen und zum Anwalt fahren. Das mit den Papieren geht ja schnell und dann bringe ich dich nach Hause. Da schläfst du eine Nacht drüber und morgen sieht die Welt schon ganz anders aus", tröstete sie ihre Mutter. – „Das ist eine gute Idee. Ich bin auch völlig verwirrt von den ganzen Geschichten. Lass uns hier abschließen und losfahren. Vielleicht komme ich unterwegs schon auf andere Gedanken."

Cäcilia packte das Buch und den Brief in ihre Handtasche und sie verließen das Haus.

Auf dem Nachhauseweg hatte Cäcilia zwei Probleme: Zum einen hatte sie noch ungefähr tausend Fragen an ihre Mutter; zum anderen überlegte sie, wie sie das alles ihrem Mann erklären sollte, ohne dass dieser in schallendes Gelächter ausbrechen würde. Wie sollte sie diese Geschichte seriös verkaufen, wenn sie selbst noch nicht wusste, was sie davon halten sollte? Bisher hatten Hexen, Zauberei und Magie mit ihrem Leben so rein gar nichts zu tun. Wahrscheinlich musste sie wirklich erst einmal alles sacken lassen, um sich weiter damit beschäftigen zu können.

„Hast du in den ganzen Jahren nichts mehr in Sachen – naja, nennen wir es mal Hexerei – gemacht?", wandte sie sich an ihre Mutter. – „Wie ich dir schon sagte, seit deiner Geburt nicht mehr. Kurz vor deiner Geburt habe ich mein letztes Ritual durchgeführt und meine letzten Aufzeichnungen gemacht", gab diese zurück. – „Weiß Papa eigentlich von all dem?" – „Ja, dein Vater weiß davon. Er hat mich immer machen lassen. Wir haben uns auch darüber unterhalten. Er hat es respektiert, sich aber nicht weiter dafür interessiert. Er sagte immer, das wäre nicht seine Baustelle. Was mich nicht weiter störte, da mich auch nicht alles interessiert, was dein Vater macht. Man informiert sich halt, so dass man miteinander reden kann, aber das eher aus Respekt voreinander. Ich fand es aber schön, dass ich überhaupt mit ihm reden konnte und er das Thema nicht generell als Unsinn abgetan hat. Bei manchen Ritualen hat er mich sogar unterstützt. Dein Vater ist eben ein sehr offener Mensch. Wahrscheinlich habe ich ihn deshalb auch geheiratet", beantwortete Brigitte die Frage mit einem Schmunzeln. – „Das muss wahre Liebe sein ...", kommentierte Cäcilia die letzte Bemerkung ihrer Mutter. „Kommst du noch mit hoch?", fragte sie, da sie inzwischen angekommen waren. – „Nein, es ist schon spät und ich wollte noch das Essen für deinen Vater vorbereiten. Wir telefonieren morgen. Grüß Josch von mir!", verabschiedete sie sich.

Zu Cäcilias Überraschung war Josch schon zu Hause. „Was machst du denn schon hier? Es ist doch erst halb fünf." – „Auch hallo! Soll ich wieder gehen?", fragte ihr Mann scherzhaft. – „Blödmann!", gab sie zurück. „Nein, du sollst natürlich nicht gehen! Ich hatte mich nur darauf eingestellt, dass es heute an deinem ersten Tag spät werden würde." – „Das hatte ich eigentlich auch gedacht, aber ich hatte Glück. Ich konnte heute in Ruhe alles aufarbeiten. Für morgen früh wurde eine Besprechung anberaumt, da geht es um ein neues Projekt und nächste Woche wird es dann wieder heftig", erzählte Josch. „Wie war denn dein Tag heute im Harz. Was gab es denn für ein großes Geheimnis?" – „Das glaubst du eh alles nicht! Das ist eine völlig verrückte Story. Ich schlage vor, wir machen uns etwas zu essen und dann berichte ich ausführlich", sagte sie.

Als sie gegessen hatten, fing Cäcilia an zu erzählen. Sie begann mit der Familiengeschichte, ging dann über Omas Nachbarschaftsdienste, wie sie es halbwegs seriös umschrieb, bis hin zur Truhe und deren Inhalt. An Joschs Gesicht konnte sie schon ablesen, was er davon hielt. Sie war an verschiedenen Stellen schon froh gewesen, dass er nicht laut loslachte. Als sie fertig war, sah er sie an und fragte: „Demnach bist du auch eine Hexe? Kannst du auch auf Besen reiten?"

Cäcilia, die mit so einer Reaktion schon gerechnet hatte, konterte kurz und knapp: „Ich wünschte, ich könnte! Das wäre bei diesen Benzinpreisen doch gar nicht schlecht!" – „Jetzt mal ernsthaft! Glaubst du an den ganzen Hokuspokus?" – „Keine Ahnung! Ich weiß zu wenig darüber, als das ich mir eine Meinung erlauben könnte. Ich kenne meine Oma und meine Mutter. Die eine war und die andere ist eine gestandene Frau und weder schräg, noch versponnen. Gehört habe ich schon davon, dass es auch heute noch Hexen gibt. Ich werde mich jedenfalls erst einmal schlau machen, bevor ich endgültig urteile. Wer weiß, vielleicht funktioniert das mit der Hexerei wirklich und ich kann davon sogar noch profitieren." – „Ja, klar, aber verwandle mich bitte nicht in einen Frosch!", lachte Josch. „Also das mit der Hexerei und dem Profit können wir wohl getrost vergessen. Die Frage ist, was machen wir – Entschuldigung du! – mit dem Haus und dem Grundstück?" – „Ich habe mir darüber noch keine Gedanken gemacht." – „Das solltest du aber mal, anstatt auf ‚okkulten Pfaden' zu wandeln." – Ich wandle nicht auf ‚okkulten Pfaden'! Ich will mich nur informieren. Das kann ja wohl nicht schaden. Außerdem ist es mein Haus und meine Zeit! Das man mit dir über so eine Thematik nicht reden kann, war mir schon vorher klar!", bemerkte Cäcilia trotzig. – „Schon gut, schon gut! Dann informiere dich, wenn es dich glücklich macht. Ich halte das zwar für Unsinn und Zeitverschwendung, aber jeder hat seine eigene Meinung", lenkte Josch ein.

Damit war das Thema für diesen Abend erledigt. Cäcilia erkannte, dass Josch ihr keine Hilfe sein würde. Sie beschloss, am nächsten Tag Anna einzuweihen. Anna war schließlich ganz anders als ihr Bruder. Cäcilia wusste, dass sie das gleiche Interesse und die gleiche Neugierde aufbringen würde wie sie selbst. Cäcilia und Josch wandten sich anderen Themen zu und beschlossen so den Abend. Der alltägliche Trott hatte sie schnell wieder und darüber vergaß sie sogar das Buch und den Brief in ihrer Handtasche.

5. Die Nachforschungen

Am nächsten Morgen wartete Cäcilia sehnsüchtig darauf, dass Josch endlich zur Arbeit fuhr. Kaum war er zur Tür raus, da schnappte sie sich ihre Handtasche, nahm das Buch und den Brief raus und begann, den Brief zu lesen. Was sie las, trieb ihr die Tränen in die Augen:

„Liebe Cäcilia,
wenn Du diese Zeilen liest, dann weile ich schon nicht
mehr unter euch. Sei nicht traurig über meinen Tod. Das
Leben geht weiter und hält noch einige Überraschungen
für dich bereit. Auch wenn wir uns nicht mehr sehen und
miteinander reden können, so bleiben wir doch im Geiste
verbunden. Dich aufwachsen zu sehen, zu sehen, wie
Du dich entwickelt hast, nämlich zu einer liebenswerten,
intelligenten, jungen Frau erfüllte mich mit dem
ganzen Stolz einer Großmutter. Ich hoffe, dass ich
Dir ein paar nützliche Tipps auf deinem Lebensweg
mitgeben konnte. Ich wünsche mir für deine Zukunft
ein angenehmes Leben mit wenig Kummer. Ein Leben
ganz ohne Kummer gibt es leider nicht, denn Freud und
Leid gehören ebenso zusammen wie Leben und Sterben.
Aber ich weiß dich ja in guten Händen.
Ich weiß nicht, wann nach meinem Tod Du diesen
Brief erhalten hast. Wenn alles nach meinem Plan
gegangen ist, dann hat dich deine Mutter schon grob eingeweiht. Es wird ihr sicherlich schwer gefallen sein, da wir
noch vor deiner Geburt ein Abkommen getroffen hatten,
aber den Grund für meine Meinungsänderung habe ich ihr
in einem separaten Brief erläutert. Es ist wahr, dass
ich mich zu Lebzeiten mit Magie und Hexerei beschäftigt
habe. Ich war Anhängerin der Naturreligion. Eine Hexe zu
sein, ist eine Lebenseinstellung, aber das wird dir Brigitte
schon erklärt haben. Es hat nichts mit bösen Mächten oder
dem Teufel zu tun, jedenfalls nicht zwangsläufig.

Das sind alles Ammenmärchen! Du, mein Kind,
bist intelligent genug, um den Unterschied herauszufinden.
Du weißt, dass ich sehr naturverbunden war, mich mit
Heilkräutern auskannte. Meine Begabung ging aber darüber
hinaus. Sie wurde mir von meiner Mutter vererbt, diese
hatte sie von ihrer Mutter, und so weiter und so fort.
Auch deine Mutter hat die Begabung. Sie macht leider
nicht mehr viel daraus. Im Laufe deiner Entwicklung
habe ich bemerkt, dass auch Du diese Begabung hast.
Du bist dir ihrer nur nicht bewusst. Du hattest ja bisher
auch keine Gelegenheit, deine Fähigkeiten zu erkennen
und zu nutzen. Es fiel mir die ganzen Jahre sehr schwer,
Dir nichts zu sagen, aber ich hatte es deiner Mutter schließlich versprochen. Es ist nicht mein Tod, der
mich von diesem Versprechen entbindet.
Vielmehr ist es eine starke Vorahnung, die ich
hatte und die mir sagte, dass der Zeitpunkt
meines Todes nahe ist, aber sehr zeitnah
Dinge geschehen werden, die dich betreffen.
Seitdem weiß ich, dass die Kette der Ereignisse in unserer
Familie nicht unterbrochen worden ist, wie deine Mutter
gehofft hatte, sondern lediglich ein Ereignis übersprungen
wurde. Und weil das so ist, möchte ich nicht, dass Du un-
vorbereitet damit konfrontiert wirst. Es ist leichter die
Gegenwart zu verstehen, wenn man die Vergangenheit
kennt. Deine Mutter wird meine Entscheidung sicherlich
verstehen und dich unterstützen.
Meine liebe Cäcilia, ich wünsche Dir alles, alles Gute für
dein weiteres Leben. Ich werde – von wo auch immer –
stets über dich und die Deinen wachen. Nur einen Rat
will ich Dir noch mitgeben: Tue nie etwas, das anderen
schadet, denn damit schadest Du dir selbst am meisten.
Wenn Du das befolgst, kannst Du tun, was Du willst. Diesen Rat solltest du immer befolgen! Er ist nur zu
deinem Besten.

In Liebe
Deine Oma Anni"

Während sie das las, musste sich Cäcilia mehrfach die Tränen abwischen. Wie gern hätte sie jetzt ihre Oma in den Arm genommen und fest gedrückt, aber das ging nicht mehr. Sie versuchte Ordnung in ihre Gedanken zu bringen. Als sie den Brief zusammenfaltete, sah sie das Datum auf dem Briefkopf. Oma hatte ihn sechs Wochen vor ihrem Tod geschrieben. Demnach musste das Testament auch aus dieser Zeit stammen. Deshalb kannten ihre Mutter und ihr Onkel es auch nicht. Oma hatte sie nicht beunruhigen wollen. Sie überlegte, ob sie ihre Mutter anrufen sollte, verwarf den Gedanken aber gleich wieder, weil sie nicht sicher war, ob diese ihren Brief schon gelesen hatte. Cäcilia wollte lieber warten, bis sie sich meldet. Aber mit irgendwem musste sie jetzt reden. Nur mit wem? Anna! Klar, Anna wollte sie ja anrufen.

„Hallo Anna! Hier ist Cäcilia. Ich hoffe, ich störe gerade nicht", begrüßte sie Anna am Telefon. – „Hi, Ceci! Nein, du störst überhaupt nicht. Ich gammel gerade noch etwas rum. Schließlich sind ja Semesterferien", gab Anna zurück. – „Das ist ja prima! Dann hast du ja Zeit. Was ich dir jetzt erzähle, das glaubst du mir eh nicht", sagte Cäcilia und fing an, von gestern und dem Brief zu erzählen. Anna hörte die ganze Zeit nur zu. Das sie überhaupt noch am Telefon war, merkte Cäcilia nur daran, dass sie zwischendurch mal ein „Aha", „Ach" oder ein Räuspern hörte. Als sie fertig war, fragte sie: „Und? Was sagst du dazu?" – „Das ist echt irre!", war die Antwort. „Hast du meinem Bruder schon davon erzählt?" – „Ja, gestern. Er hat sich lustig gemacht und mich gefragt, ob ich auf Besen reiten könnte. Ach, ja! Heute früh hat er mich gefragt, ob ich ab jetzt nur noch schwarz tragen würde. Keine Ahnung, wie er darauf kommt", antwortete Cäcilia. – „Typisch mein Bruder! Wenn es nicht um Zahlen, Fakten, Bits oder Bytes geht, kann er nichts damit anfangen. Wie hältst du das eigentlich mit ‚Mister Brain' aus?" – „Komm, ganz so schlimm ist dein Bruder auch nicht", verteidigte Cäcilia ihren Mann. – „Du hast ja recht! Eigentlich ist mein Bruder ganz okay, aber das ist ja nun gar kein Thema für ihn, oder?" – „Stimmt! Mit dem Thema ist er überfordert. Ehrlicherweise muss ich gestehen, dass ich auch noch nicht so richtig weiß, was ich damit anfangen soll. Auf dem Gebiet kenne ich mich auch nicht aus. Bisher hatte ich auch keine Draht dazu. Was ich über Hexen und Zauberei weiß, das kenne ich aus Märchen und Erzählungen. Das bringt mich jetzt aber auch nicht weiter", bemerkte sie. – „Du hast eins der Bücher aus der Truhe bei dir?", fragte Anna. – „Ja, eins habe ich mitgenommen, weil ich neugierig war und es lesen wollte." – „Arbeitet Josch eigentlich schon wieder?" – „Ja, seit gestern. Warum?", wollte Cäcilia wissen. – „Soll ich heute Nachmittag mal vorbeikommen und wir gucken da gemeinsam rein?"

Cäcilia musste unwillkürlich schmunzeln. Sie hatte doch gewusst, dass sie damit voll den Nerv ihrer Schwägerin treffen würde. Sie verabredeten sich für die Mittagszeit. Josch erwartete sie so gegen sechs zurück und so hatten sie Zeit genug. Wenn er kam, konnte man das immer noch als Überraschungsvisite tarnen, denn die kamen gar nicht so selten vor.

Bis zu Annas Eintreffen beeilte sich Cäcilia, dass sie noch die wichtigsten Dinge erledigt bekam. Sie musste beruflich noch einige E-Mails schreiben und Telefonate führen. Schließlich sollten ihre Kunden wissen, dass sie wieder voll an Bord war. Sie hatte zwar noch einiges abzuarbeiten, aber ein paar neue Aufträge könnten auch nicht schaden. Als Freiberuflerin konnte man sich keine langen Auszeiten leisten.

Anna war kaum zur Tür rein, da legte sie auch schon los: „Ich habe im Internet recherchiert. Es gibt massig Webseiten zum Thema Hexen und Magie. Der Buchmarkt ist auch voll davon. Die Frage ist nur, was davon sind seriöse Informationen. Vielleicht bekommen wir über das Buch, das du hast ja Hinweise. Was mir einigermaßen okay erschien, habe ich ausgedruckt und mitgebracht. Also, ich finde das Thema hochinteressant!" – „Meine Güte! Du hast aber auch keine Zeit verschenkt", gab Cäcilia beeindruckt zurück. Sie drückte Anna das Buch der Schatten in die Hand. „Von wem ist das? Von deiner Oma?", fragte Anna. – „Das weiß ich gar nicht. Ich habe mir das oberste gegriffen. Guck einfach mal rein, ob da ein Name drinsteht." – „Das lese ich nicht!", sagte Anna und gab ihr das Buch zurück. – „Wie, das liest du nicht?", wunderte sich Cäcilia. – „Da steht gleich auf der ersten Seite ein Warnhinweis, der Unbefugten das Lesen untersagt." – „Das ist ja interessant! Gib mal her! Tatsächlich, eine Warnung. Okay, da ich die Bücher geerbt habe, bin ich befugt und wenn ich sie dir zum Lesen gebe, dann übertrage ich die Befugnis. Oder sehe ich das jetzt falsch?", sinnierte Cäcilia. – „Man könnte das so auslegen. Aber vielleicht handelst du auch vorschnell. Möglicherweise möchtest du gar nicht mehr, dass jemand anders das liest, wenn du es erst einmal gelesen hast", wandte Anna ein. – „Sei nicht albern! Was soll schon passieren? Glaubst du etwa an Zauberei?", spöttelte Cäcilia. – „Ich weiß nicht", zweifelte Anna. „Ich tu's lieber, bis mich jemand eines Besseren belehrt. Du weißt, ich habe schon immer an übernatürliche Dinge geglaubt. Vielleicht fällt Magie ja genau in diesen Bereich. – „Okay, dann sehe ich eben nach. Hier steht wirklich ein Name: Annamarie Wicha. Das war meine Oma!"

Cäcilia blätterte das Buch durch. An der einen oder anderen Stelle hielt sie inne und las die Aufzeichnungen ihrer Oma. Je mehr sie las, desto faszinierender fand sie es. Sie hätte sich am liebsten richtig eingelesen, aber da unterbrach sie Anna.

„Und? Was hat deine Oma geschrieben? Ist das spannend? Erzähl doch mal!", quengelte Anna. – „So wie ich das bisher überblicke, ist das so eine Art Journal. Da stehen Rezepte drin, Beschreibungen zu Ritualen und zu welchem Zweck sie durchgeführt werden, aber auch wer und warum sie aufgesucht hat und was sie in den verschiedenen Fällen unternommen hat. Naja, vielleicht sollte ich mir das wirklich mal in Ruhe anschauen, denn da stehen auch Namen und Details drin. Also Dinge, die vielleicht nicht für die Öffentlichkeit bestimmt sind." – „Ich bin ja auch die Öffentlichkeit!", reagierte Anna beleidigt. – „Nein! So war das jetzt nicht gemeint. Verstehe mich bitte nicht falsch, aber die Leute, die meine Oma vertraulich aufgesucht haben, wissen wahrscheinlich noch nicht einmal etwas von diesen Aufzeichnungen und da stehen sehr persönliche Dinge drin. Mir ist das schon blöd, das einfach so zu lesen. Für mich ist das irgendwie wie ein Eingriff in die Privatsphäre, so als wenn man Geheimunterlagen liest. Verstehst du das?", fragte sie Anna. – „Ja, du hast ja recht!", beruhigte sich Anna wieder. – „Was hast du denn noch so mitgebracht?", wandte sich Cäcilia an Anna. – „Ich habe im Web noch einiges gefunden über die verschieden Formen der Magie, über die Geschichte der Hexen, über Hexenverfolgung, dem aktuellen Hexenkult und über die verschiedenen Richtungen. Es gibt unzählige Seiten. Wie gesagt, ich habe mich jetzt nur auf die konzentriert, die mir einigermaßen seriös und informativ erschienen. Um einen vernünftigen Überblick zu bekommen, müsste man mehr in die Tiefe gehen, dafür fehlte mir aber die Zeit." – „Das ist für den Anfang doch gar nicht schlecht. Schauen wir mal, was wir damit anfangen können. Bis Josch nach Hause kommt, haben wir ja noch etwas Zeit. Außerdem wollte ich in den nächsten Tagen noch mal zum Haus und eine Bestandsaufnahme aller Dinge in der Truhe machen, damit ich mich im Einzelnen informieren kann. Hast du zufällig etwas über Ritualdolche beziehungsweise Athame dabei?"" wollte sie von Anna wissen. – „Moment!", sagte Anna und blätterte die mitgebrachten Seiten durch. „Nein, dazu habe ich nichts." – „Dann werde ich mal danach forschen. Aber gehen wir zuerst mal deine Sachen durch." – „Okay, dann lass uns anfangen. Eine Frage habe ich aber noch. Könnte ich mitfahren zum Haus? Ich habe doch Semesterferien und dadurch Zeit. Außerdem interessiert mich das Thema wirklich brennend." – „Das habe ich schon bemerkt! Du bist ja fast noch neugieriger als ich. Natürlich kannst du mitfahren. Zu zweit macht es auch mehr Spaß", beantwortete Cäcilia Annas Frage.

So saßen die beiden Frauen in Cäcilias Arbeitszimmer, lasen die verschiedenen Berichte, diskutierten, suchten nach weiteren Informationen im Internet. Ihre Nachforschungen wurden nur unterbrochen durch gelegentliche Anrufe, die Cäcilia aber relativ schnell erledigen konnte. Je mehr sie sich in das Thema vertieften, desto interessanter wurde es. Beide vergaßen Zeit und Raum. Sie hatten ein regelrechtes Flow-Erlebnis.

Plötzlich stand Josch in der Tür und fragte: „Was macht ihr zwei Hübschen denn hier?" Cäcilia und Anna erschraken, da sie beide Josch nicht hatten kommen hören. Sie fühlten sich wie kleine Kinder, die bei etwas Verbotenem ertappt wurden. Sie wussten, dass sie ein ziemliches Problem hatten, Josch zu erklären, was sie taten, da dieser kein Verständnis habe würde. Cäcilia setzte darauf, dass Ehrlichkeit am längsten währte und antwortete deshalb halb wahrheitsgemäß: „Anna kam spontan auf einen Kaffee vorbei und da haben wir uns unterhalten, unter anderem auch über gestern und haben beschlossen, uns mal näher mit dem Thema zu befassen. Wieso bist du eigentlich schon hier? Wie spät ist es denn?" – „Es ist halb sechs, ich habe Feierabend und Wochenende, deshalb bin ich hier", antwortete Josch kopfschüttelnd. „Und? Was habt ihr über die Hexerei herausgefunden? Seid ihr endlich dahintergekommen, dass das alles Humbuk ist?"– „So ein Humbuk ist das gar nicht! Warum musst du immer alles schlecht machen, von dem du keine Ahnung hast?", ereiferte sich Anna. – „Oh, da habe ich ja voll in ein Wespennest gestochen. Willst du mir, liebes Schwesterlein, jetzt erzählen, dass du auch eine Hexe bist?", gab Josch zurück. – „Nein, will ich nicht! Ich wollte damit nur sagen, dass es noch andere interessante Dinge im Leben gibt, außer Bits und Bytes", antwortete Anna. – „Schon gut, schon gut! Wenn es euch Spaß macht! Da ihr hier völlig vertieft seid, gehe ich mal davon aus, dass es nichts zu essen gibt. Soll ich euch zum Essen einladen?", fragte Josch. Cäcilia und Anna tauschten einen kurzen Blick aus und waren sich dann ohne Worte einig. „Das ist lieb gemeint, aber eigentlich würden wir gerne noch etwas weiter machen. Wir können uns ja etwas kommen lassen", schlug Cäcilia vor. – „Soll mir auch recht sein", meinte Josch. „Dann kann ich ich für Montag noch etwas vorbereiten. Das wollte ich eigentlich morgen machen, aber dann habe ich es schon hinter mir. Der Gedanke ist eigentlich gar nicht so übel! War heute noch etwas Besonderes?", wandte er sich an Cäcilia. – „Nein! Bis auf ein paar Kundenanrufe war nichts", gab Cäcilia zurück und fragte dann: „Wonach ist euch denn? Italienisch oder chinesisch?" Man einigte sich auf chinesisch. Als Cäcilia den Flyer holte, gab sie ihrem Mann einen Kuss auf die Wange und versprach: „Morgen koche ich wieder für dich. Du darfst auch aussuchen."

Bis das Essen kam, recherchierten Cäcilia und Anna weiter und Josch verschwand in sein Arbeitszimmer. Zum Essen trafen sich dann alle im Esszimmer und ganz beiläufig erzählte Cäcilia, dass sie und Anna Sonntag zum Haus fahren wollten. Josch guckte zwar nicht gerade begeistert, sagte dann aber: „Ich kann mir am Wochenende zwar etwas Besseres vorstellen, aber dann fahre ich mit und mache mal ein paar Fotos von dem Haus und dem Anwesen. Die kann man dann ja mal einem Sachverständigen zeigen und es grob schätzen lassen, damit man mal eine Größenordnung hat." – „Das ist eine prima Idee!", erwiderte Cäcilia, sah dabei Anna an und verdrehte die Augen, ohne, dass Josch es mitbekam. Anna konnte sich das Lachen kaum verkneifen.

Nach dem Essen verabschiedete sich Anna. Josch meinte, er würde noch ein Stündchen für seine Vorbereitung brauchen und Cäcilia wollte eigentlich auch nur noch ein wenig Ordnung schaffen. Als sie dann aber in ihrem Arbeitszimmer war, setzte sie sich doch wieder an ihren PC und durchsuchte weiter das Web. Sie hatte das Gefühl, dass sie immer mehr Fragen hatte, je mehr sie erfuhr. Was sie bisher alles gelesen und erfahren hatte, war für sie hochinteressant und zog sie immer mehr in seinen Bann. Andererseits kam ihr das alles noch so unvollkommen und unstrukturiert vor.

Irgendwann steckte Josch seinen Kopf zur Tür herein und sagte: „Ich bin fertig. Solltest du mich suchen, ich bin im Wohnzimmer. Machst du noch lange?" – „Nein, ich gucke nur kurz etwas nach, dann komme ich auch", gab sie zurück. Sie meinte das eigentlich auch so, aber dann kam ihr die Idee, dass man ja auch mal nach Büchern zu dem Thema suchen könnte. Bei der Auswahl der Bücher merkte sie nicht, wie die Zeit verstrich. Sie registrierte auch kaum, dass Josch rief: „Ich gehe ins Bett. Kommst du auch gleich?" – „Jaja!", war ihre knappe Antwort.

Nachdem sie endlich ihre Buchbestellung abgeschlossen hatte und ins Bett ging, schlief Josch schon tief und fest, während der Fernseher im Schlafzimmer noch lief. Sie sah auf die Uhr und musste feststellen, dass es bereits nach eins war.

Am nächsten Morgen muffelte Josch sie schon in der Küche an: „Hast du doch noch den Weg ins Bett gefunden? Ich kann ja verstehen, dass man für den Job mal eine Nachtschicht einlegt, aber doch nicht für so einen Hokuspokus. Kommt das jetzt öfter vor?" – „Sorry! Ich habe echt nicht bemerkt, dass es schon so spät war. Es kommt nicht öfter vor. Das war gestern einfach nur so derart spannend und neu, da kann das ja wohl mal passieren. Du weißt doch selbst, wie das ist, wenn du neue Programme ausprobierst. Dann hängst du auch stundenlang davor und kriegst nichts mehr von deiner Umwelt mit. Dir passiert das außerdem regelmäßig, deshalb brauchst du mir gar nichts erzählen! Und heute läuft alles ganz normal", versuchte sich Cäcilia zu rechtfertigen.

So war es dann auch nach der kleinen Auseinandersetzung. Sie kauften gemeinsam ein, frühstückten, lasen ausgiebig die Zeitung, unterhielten sich über die Nachrichten, putzten gemeinsam die Wohnung, machten einen Erledigungsplan für die kommende Woche und tranken nachmittags gemütlich einen Kaffee. Sie überlegten noch, wie sie den Abend verbringen sollten, als das Telefon klingelte und ein Bekannter von Josch ihn zum Squash überredete. Unter normalen Umständen wäre Cäcilia verärgert gewesen, aber heute kam es ihr mehr als gelegen.

Kaum war Josch aus dem Haus, da schnappte sie sich das Telefon und rief Anna an. „Hi Anna, ich bin's", meldete sie sich. – „Hi Ceci! Klappt das mit morgen nicht?", fragte Anna. – „Doch! Der Termin morgen bleibt. Leider müssen wir nur den Klotz am Bein in Kauf nehmen. Er will unbedingt mit." – „Naja, da müssen wir dann wohl durch! Ich freue mich aber schon. Hast du gestern noch etwas gemacht?" – „Ja, ich habe noch ein paar Bücher bestellt. Die müssten Anfang der Woche ankommen. Hast du noch etwas herausgefunden?" „Mir ist auf dem Nachhauseweg eingefallen, dass du ja nach diesem Ritualdolch gefragt hattest. Da habe ich mal nachgeschaut. Da gibt es unzählige von, in den verschiedensten Ausführungen. Weißt du ungefähr, wie der von deiner Oma aussieht?" – „Frag mich etwas Leichteres! Ich kann mich an keine Details erinnern. Vielleicht doch ganz gut, dass Josch samt Fotoapparat mitkommt. Dann können wir auch Fotos machen. Die helfen uns bestimmt bei der Recherche. Was machst du denn heute Abend noch so?", fragte sie Anna. – „Ich bin zum Geburtstag bei einer Kommolitonin eingeladen. Ich muss gleich auch schon los. Warum?", erwiderte Anna. – „Ach, nichts! Wenn du Zeit gehabt hättest, hätten wir zusammen noch ein wenig gucken können. Dein Bruder hat mich gerade verlassen – zum Squash spielen. Der ist erst einmal für ein paar Stunden unterwegs. Die Zeit muss ich natürlich ausnutzen." – „Schade! Aber den Termin kann ich jetzt nicht mehr absagen. Obwohl ich jetzt lieber zu dir kommen und mit dir nachgucken würde. Aber es geht echt nicht", bedauerte Anna. – „Macht ja nichts! Ich werde mir den Abend auch so um die Ohren schlagen. Wir sehen uns ja morgen. Ich will dich dann auch nicht länger aufhalten. Viel Spaß und bis morgen!", beendete Cäcilia das Gespräch.

Cäcilia legte das Telefon zur Seite und überlegte, was sie zuerst machen sollte. Da kam ihr die glänzende Idee, zuerst etwas

Schriftkram zu erledigen, damit sie – jedenfalls in den Augen ihres Mannes – „etwas Vernünftiges" getan hatte. Sie musste wirklich noch Schriftverkehr abarbeiten. Eigentlich hatte sie sich das für den Montag vorgenommen, aber – was weg ist, ist weg. Also erledigte sie zuerst die elementaren Dinge des Lebens. Sie wunderte sich, wie leicht ihr das von der Hand ging und wie schnell sie fertig war. Als sie fertig war, legte sie die Briefumschläge demonstrativ in ihr Ausgangskörbchen, ließ aber einen Brief minimiert in der Bildschirmleiste, damit sie ihn sofort aufrufen konnte, sobald Josch zur Tür hereinkam. Sie war der Meinung, dass er alles essen durfte, aber nicht alles wissen. Mit dieser Absicherung, begann sie das Web nach interessanten Seiten zur Magie und Hexerei zu durchsuchen. Cäcilia erstaunte es immer mehr, wie umfassend das Feld war. Sie musste immer mehr erkennen, dass ihre Vorstellungen von dem Thema auch eher märchenhaft verklärt und voller Halbwissen waren. Schon am Abend vorher hatte es sie verblüfft, dass es so viel Literatur gab, die von Hexen geschrieben wurde. Aber keine Hexen aus vorherigen Jahrhunderten, sondern aus der Gegenwart. Bisher war ihr das nie bewusst, dass es in **ihrer** „realen" Welt auch Hexen leben könnten. Schließlich sah man es den Hexern oder Hexen in der Regel nicht an, dass sie welche sind und sie stellten sich auch nicht unbedingt so vor, wie sie inzwischen gelernt hatte. Nicht dass Cäcilia mit verschlossenen Augen durch die Welt gegangen wäre. Sie war schon eher modern und aufgeschlossen eingestellt. Sie hatte auch schon über Wicca-Hexen und deren Lehre gelesen. Aber sie hatte das alles bisher nur beiläufig zur Kenntnis genommen und nie näher drüber nachgedacht. Jetzt bekam das Ganze für sie eine völlig neue Bedeutung. Cäcilia war so vertieft, dass sie fast nicht mitbekommen hätte, dass ihr Ehemann nach Hause kam   aber eben nur fast. Noch bevor Josch ihr Zimmer betrat, zauberte sie schnell den Geschäftsbrief auf den Bildschirm.

„Hallo, Schatz! Fleißig?", fragte er mit einem Blick auf den Bildschirm und die Post in ihrem Ausgangskörbchen. – „Ja! Ich dachte, ich erledige schon mal die Post, da wir ja morgen unterwegs sind, dann kann die gleich Montag raus. Wie war dein Spiel?", fragte sie zurück. – „Es ging so. Ich sollte öfter mal wieder Sport treiben. Ich bin ziemlich außer Form, wie ich feststellen musste. Ich werde meine Knochen morgen merken." – „Warum nimmst du nicht zur Muskelentspannung ein heißes Bad?", schlug sie vor. – „Nee! Keine Lust mehr. Ich habe außerdem gerade geduscht. Das muss reichen! Machst du noch lange?" – „Nein, ich bin gleich bei dir", gab sie zurück.

Sie hörte, wie Josch in die Küche und anschließend ins Wohnzimmer ging. Cäcilia hatte wirklich fest vor, ihrem Mann Gesellschaft zu leisten, aber dann fand sie beim Schließen der Seiten noch einen Bericht, der sie sofort ansprach. Es war ein Bericht über Druiden und die Kultur der Kelten. Wie es ihre Art war, machte sie sich Stichpunkte zu Sachverhalten und Begriffen, die sie näher beleuchten wollte. Und so kam es, wie es kommen musste. Sie verbrachte wieder mehr Zeit in ihrem Arbeitszimmer, als sie ursprünglich wollte. Als sie endlich das Wohnzimmer betrat, musste sie sich nur das Gesicht ihres Mannes ansehen, um zu wissen, dass der reichlich verärgert war.

„Habe doch etwas länger gebraucht. Entschuldige bitte!", gab sie kleinlaut zu. – „Schön, dass du auch mal auftauchst. Dein neues Hobby nimmt dich ja sehr in Beschlag. Geht das jetzt so lange weiter, bis du das Interesse verlierst oder muss ich mir ernsthafte Sorgen machen wegen deines Spleens?", giftete er sie an. – „Entschuldige bitte mal! Es ist weder ein neues Hobby, noch ist es ein Spleen. Ich beleuchte lediglich das Leben meiner Oma und die Vergangenheit meiner Familie. Dass es dich nicht interessiert, hast du ja bereits mehr als deutlich gemacht, aber deshalb musst du mich nicht ständig deswegen anmachen. Ich sage ja auch nichts, wenn du stunden- und nächtelang mit deinem Bruder dieses Online-Spiel spielst. Da hänge ich hier auch immer allein rum. Wenn du mich fragst, dann ist **das** vergeudete Zeit. Was ich mache, hat wenigstens Hand und Fuß, da es um etwas Reales geht. Es geht um meine Familiengeschichte!" – „Oh, sorry! Ich wusste nicht, dass du so genervt von unseren Spieleabenden bist. Ich dachte eigentlich, dass mir neben der Arbeit auch mal etwas Entspannung zusteht und du nichts dagegen hättest, wenn ich mit Daniel spiele. Aber wenn dich das so stört, dann lasse ich es in Zukunft!" – „Ja, toll! Jetzt schiebst du mir wieder den schwarzen Peter zu. Von mir aus kannst du morgen hier bleiben und mit deinem Bruder spielen. Fotos vom Haus können wir auch machen. Dann kannst du dich den ganzen Tag entspannen", sagte sie zornig. – „Moment mal! Niemand hat dir einen schwarzen Peter zugeschoben", lenkte Josch ein. „Ich hatte nur gehofft, dass wir mal wieder ein normales Wochenende hätten, nach der ganzen Hektik der letzten Zeit. Deine Oma ist jetzt seit vierzehn Tagen tot und wir hatten eigentlich nie richtig Zeit für uns. Hat dich das mit unserer Spielerei wirklich so genervt?", wollte er von Cäcilia wissen. – „Nein, nicht wirklich!", gab sie verschämt zu. „Ich habe die Zeit doch immer für meine Angelegenheiten genutzt oder habe telefoniert. So schlimm war es wirklich nicht. Ich mache dir einen Vorschlag! Wenn ihr spielt oder du beim Sport bist, gehe ich weiter meiner Familiengeschichte nach und ansonsten verbringen wir die freie Zeit gemeinsam, okay?" – „Schatz, das ist ein sehr guter Vorschlag. Ich wollte dich vorhin auch gar nicht so rüde anmachen. Sorry! Wenn es dir so wichtig ist, mehr über die ganze Sache herauszubekommen, dann mach das. Lass es nur nicht Oberhand gewinnen. Wir haben auch noch ein gemeinsames Leben und sind beide beruflich schon sehr eingespannt. Apropos Beruf! Hatte ich dir schon erzählt, dass ich von Dienstag bis Donnerstag zu einem Seminar nach England muss?" – „Nein, davon hast du mir noch nichts gesagt. Dann bin ich ja drei Tage ganz allein!", bemerkte Cäcilia. – „Ja, ich kann es leider nicht ändern", erwiderte Josch. – „Jetzt weiß ich auch, warum du so empfindlich reagiert hast. Ups! Das hätte ich auch eher merken können, dass etwas ist. Blöd von mir!" – „Ich habe es irgendwie auch vergessen oder verdrängt. Wie auch immer. So gerne lasse ich mein Frauchen ja auch nicht allein." – „Oh, das ist lieb von dir! Soll ich den Termin morgen verschieben? Anna hat bestimmt Verständnis." – „Nein, lass mal! Wir fahren morgen. So lange wird es ja auch nicht dauern. Ich mache die Fotos vom Haus. Ihr könnt dann die Bestandsaufnahme mache und wir sind früh wieder zurück. Recherchieren könnt ihr ja dann, wenn ich weg bin. Dann bist du wenigstens beschäftigt. Ich nehme morgen dann auch mein Notebook mit, damit wir zwischendurch die Bilder überspielen können." – „Als wenn ich nichts zu tun hätte, wenn du weg bist! Aber die Idee mit dem Notebook ist gut! Lass uns ins Bett gehen, denn morgen müssen wir relativ früh raus. Ich habe Anna gesagt, dass wir sie gegen halb zwölf abholen."

Was Cäcilia ihrem Mann nicht sagte, war, dass sie eine unglaubliche Vorfreude auf den nächsten Tag hatte. Er hätte es eh nicht verstanden. Sie wusste aber auch nicht, worüber sie sich mehr freute, auf das Stöbern in der Truhe, Anna alles zu zeigen oder einfach nur darauf, das Haus wieder zu sehen. Immer wenn sie sich im Haus ihrer Oma aufhielt, hatte sie das Gefühl ihr ganz nah zu sein. Das minderte ihre Trauer jedes Mal deutlich. Irgendwie hatte Oma recht behalten, sie waren auch über den Tod hinaus noch miteinander verbunden.

6. Die Ortsbesichtigung

Gegen neun kroch Cäcilia langsam aus den Federn und ging ins Bad. Sie hatte nachts wieder ganz komische Träume. Es waren keine Albträume, aber irgendwie waren sie verwirrend. Ihre Oma kam auch darin vor. „Vielleicht war das eine Art von Trauerarbeit?", dachte Cäcilia. Großartig Zeit zum Nachdenken hatte sie aber nicht, da Josch schon den Kopf zur Tür reinsteckte.

„Guten Morgen, mein Schatz! Gut geschlafen?", fragte er und gab ihr einen Kuss. – „Danke! Ja!", antwortete sie. „Und du?" – „Ich habe auch gut geschlafen. Ceci, warum bist du heute so blass?", fragte er besorgt. – „Ich und blass? Finde ich eigentlich nicht. Das ist bestimmt nur das Licht hier im Bad. So, ich bin fertig. Das Bad ist dein Reich! Ich koche schon mal Kaffee und backe Brötchen auf. Mir ist etwas flau im Magen. Ich habe gestern ziemlich wenig gegessen und dann noch der blöde Streit mit dir", sagte sie. – „Armer Liebling! Du hast aber auch einen garstigen Ehemann!" – „Habe ich gar nicht! Sieh lieber zu, dass du fertig wirst. Wir wollen um halb zwölf bei Anna sein", erinnerte sie ihn. – „Ich finde trotzdem, dass du blass bist. Naja, vielleicht macht sich jetzt die ganze Anspannung bemerkbar."

Cäcilia verließ das Bad, nachdem sie Josch noch schnell einen Kuss gegeben hatte und ging in die Küche. Auf dem Weg dahin kam sie am Gaderobenspiegel vorbei und sah hinein. Sie musste feststellen, dass Josch recht hatte. Sie war tatsächlich etwas blass.

Nach dem Frühstück fuhren sie los. Da hatte sie ihre Blässe schon total vergessen. Cäcilia wäre am liebsten schon vor dem Frühstück los gefahren, da ihre Vorfreude seit dem Aufstehen ins Unermessliche gestiegen war. Aber da hätte Josch nicht mitgemacht. Sie wunderte sie sich auch nicht wirklich, dass Anna schon fix und fertig war – eher untypisch für sie – und bereits auf sie wartete.

„Guten Morgen, ihr Lieben!", sagte sie und stieg ins Auto. – „Guten Morgen!", begrüßte Cäcilia sie. „Was ist denn mit dir los? Du bist schon fertig, obwohl du gestern auf einer Party warst?" – „Ich kann es auch kaum glauben!", mischte sich Josch ein. „Meine kleine Schwester ist mal pünktlich! Das muss man rot im Kalender anstrei-

chen!" – „Haha! Ich bin doch immer pünktlich – fast jedenfalls",
verteidigte sich Anna.

Über diesen Kommentar mussten dann alle lachen. Auf der Fahrt in
den Harz erzählte Anna dann von der Party und dass es ziemlich
langweilig gewesen wäre. Dadurch war sie früh zu Hause und ist
deshalb gut aus dem Bett gekommen.

Die Fahrt verlief zügig und ohne Vorkommnisse. Vor dem
Haus angekommen, stieg Anna aus dem Auto und bestaunte mit
großen Augen das Anwesen, obwohl sie schon mehrmals dort war
und sagte dann: „Ich hatte völlig vergessen, wie romantisch es hier
ist."

Cäcilia musste ihr recht geben. Es war wirklich romantisch. Das
Haus lag etwas zurückgesetzt. Ein weiß getünchtes Haus mit Fen-
sterläden aus dunklem Holz und roten Dachpfannen. Der Vorhof
und der Platz vor der Garage waren gepflastert, der Rest der Einfahrt war mit Kies aufgeschüttet. Vor dem Haus war eine große
Wiese mit Obstbäumen, dadurch war das Haus von der Straße kaum
zu sehen, jedenfalls im Sommer. Als Abgrenzung zur Straße diente
ein Jägerzaun. Neben dem Haus befand sich eine große Garage im
Stil einer Scheune. Cäcilias Opa hatte vor Jahren den alten Stall ab-
reißen lassen und dafür die Garage mit Geräteschuppen errichten
lassen. Damit der alte Kotten seinen ursprünglichen Charme nicht
verliert, hat er diesen Stil gewählt. Von der Garage kam man über
einen kleinen Flur ins Haus, man konnte aber auch direkt in den
großen Garten hinterm Haus. Auf den Fensterbänken standen Blu-
menkästen, links und rechts von der Eingangstür waren große Blu-
menkübel, die zur Zeit zwar leer waren, die Oma sonst immer mit
allerlei Blühpflanzen bestückt hatte. Die Fenster zierten weiße Gar-
dinen.

„Könnten wir eventuell reingehen, bevor wir hier festfrie-
ren?", unterbrach Josch das andächtige Staunen der beiden Frauen.
– „Äh, ja!", erwiderte Cäcilia. „Wolltest du nicht Fotos machen? Du
könntest ja hier vorne anfangen." – „Meine liebe Ceci! Während ihr
mit großen Kulleraugen das Haus bestaunt habt, als hättet ihr es
zum ersten Mal gesehen, habe ich bereits Fotos gemacht. Könnten
wir jetzt reingehen?", drängelte Josch. – „Ähm, ja! Natürlich!", ant-

wortete Cäcilia, während sie sich noch wunderte, wie und wann Josch Fotos gemacht haben will, da sie absolut nichts bemerkt hatte.

Drinnen kochte Cäcilia für alle erst einmal einen Tee zum Aufwärmen. Außerdem drehte sie in der Küche die Heizung auf. Der Heizkörper wurde auch sofort warm. Da Oma die Angewohnheit hatte, Heizung und Strom immer im Voraus zu bezahlen, mussten sie während ihres Aufenthalts weder frieren, noch mit Kerzen arbeiten. Die Küche wurde schnell warm und der Tee tat sein Übriges.

„So, wie sieht dein Plan jetzt aus?", fragte Josch. – „Ich würde sagen, du machst die Fotos, die du haben willst. Anna und ich gehen in der Zwischenzeit nach oben, listen auf, was in der Truhe ist und machen anschließend auch noch ein paar Fotos", schlug Cäcilia vor. – „Gut, ich würde sagen, wir fangen an, dann kommen wir auch schnell wieder nach Hause", erwiderte Josch.

Er schloss sein Notebook ans Stromnetz an, schnappte sich seine Digicam, öffnete die Tür zum Garten und – schon stand Arthur in der Küche.

„Hallo Katerchen! Was machst du denn hier?", fragte Josch den Kater und bückte sich, um ihn zu streicheln. Statt des Katers antwortete Cäcilia: „Was wohl? Gucken, wer sich im Haus seines Frauchens rumtreibt."

Anna und sie wurden ebenfalls von Arthur begrüßt, bevor dieser schnurstracks ins Wohnzimmer entschwand.

„Tja", sagte Cäcilia, „dies ist eben immer noch sein Zuhause. Er wird sich jetzt wohl wieder auf das Sofa legen. Wenn wir fahren, sage ich Elisabeth Bescheid, damit sie ihn abholt oder ich bringe ihn eben rüber. Lasst uns anfangen!" – „Ceci, meinst du hier gibt es irgendwo einen Zollstock? Dann könnte ich mal einen groben Grundriss zeichnen", wollte Josch wissen. – „Ich glaube, Opa hatte immer eine Werkzeugkiste mit seiner Notfallausrüstung in der Abstellkammer. Da müsste auch ein Zollstock drin sein. Warum hast du das mit dem Grundriss nicht eher gesagt, dann hätte ich doch Millimeterpapier mitgenommen", sagte Cäcilia kopfschüttelnd. – „Weil es mir gerade erst eingefallen ist?", gab Josch kleinlaut zu und machte sich auf den Weg zur Abstellkammer. – „Männer!", seufzten Cäcilia und Anna gleichzeitig. „Komm lass uns nach oben gehen.

Ich hoffe nur, Josch hat genügend Batterien eingesteckt", meinte Cäcilia. – „Bestimmt! Du kennst doch Josch!", gab Anna zurück. Auf dem Weg nach oben hörten die beiden Josch rufen: „Ich habe einen gefunden! Wenn ich hier unten fertig bin, komme ich zu euch."

Cäcilia und Anna betraten das Schlafzimmer, in dem sich die Truhe befand. „Irgendwie habe ich ein komisches Gefühl", meinte Anna. – „Was für ein komisches Gefühl?", wollte Cäcilia wissen. – „Ich weiß nicht! Ich komme vor, wie eine Schnüfflerin, die in fremder Leute Privatsphäre wühlt", sagte Anna. – „Naja, letztendlich machen wir ja auch nichts anderes. Der Unterschied ist nur, dass wir nicht bei fremden Leuten schnüffeln, sondern bei meinen Großeltern. Außerdem haben wir per Testament und post mortem die Erlaubnis von Oma dazu", wiegelte Cäcilia ab. – „Da hast du recht! Wir dürfen das. Schließlich wollte deine Oma ja, dass du alles erfährst. Ich glaube nicht, dass sie uns, speziell mir, böse wäre. Irgendwie hatte ich das Gefühl, dass sie mich mochte – kann mich natürlich auch täuschen", meinte Anna. – „Du täuscht dich nicht! Sie hat immer gesagt, dass ich mit Josch und seiner Familie echt Glück gehabt hätte. Sie mochte euch alle. So, wer guckt und wer schreibt?" – „Es sind deine Sachen, also guckst du und ich schreibe. Klare Rollenverteilung!", antwortete Anna.

So fingen sie an. Cäcilia sagte an und Anna notierte alles. Was Cäcilia nicht oder nicht genau beschreiben konnte, legte sie für Fotos beiseite. Überrascht waren sie über die Anzahl an Büchern und Papieren, die sich in der Truhe befanden. Diese legten sie auch beiseite, weil sie später versuchen wollten, diese chronologisch zu ordnen.

„Was haben wir jetzt eigentlich schon alles?", fragte Cäcilia. – „Wir haben Kerzen in allen Farben und Formen, Kerzenständer, Altartücher in verschiedenen Farben, Samtbeutel mit Steinen, mit Wurzeln. Außerdem wäre da noch ein Pendel, Räucherwerkzeug, der Dolch, Pentagramme und ein weißes Altartuch, das mit einem silbernen Pentagramm bestickt ist. Ob das wohl Handarbeit ist? Ach, ja! Dann hätten wir da noch einen schwarzen Umhang mit Kapuze. Wofür der wohl ist?", fragte sich Anna mehr selbst als Cäcilia. – „Das weiß ich auch nicht. Da werde ich wohl Mama fragen müssen. Ich bin nur froh, dass wir am Freitag schon mal das Internet durchforstet haben, sonst würden wir echt wie blöd hier sitzen. Dann wüssten wir noch nicht einmal, dass die Steine Heilsteine sind", meinte Cäcilia etwas überspitzt. – „Stimmt! Und obwohl wir das gemacht haben, wissen wir eigentlich immer noch nichts", gab Anna zurück. – „Genau!", sagte Cäcilia und beide mussten lachen.

„Hier geht es ja heiter zu!", bemerkte Josch, der ins Schlafzimmer gekommen war. – „Ja! Wir haben gerade festgestellt, dass wir unwissend sind", antwortete seine Schwester. – „Wenn wir alle allwissend wären, wäre das Leben auch ziemlich langweilig", gab Josch zurück. „Wer von euch Komikerinnen war denn vorhin unten und hat mich im Garten beobachtet?", wollte Josch wissen.

Die beiden Frauen sahen sich verwundert an und Cäcilia antwortete: „Wir waren gar nicht unten!" – „Ich bin doch nicht blöd! Ich habe doch jemand hinter der Küchengardine gesehen", protestierte Josch. – „Wir waren es aber nicht! Ganz ehrlich! Wir waren so vertieft, wir hatten noch nicht einmal Zeit, uns einen Tee zu holen", erwiderte Cäcilia. – „Komisch, ich hätte schwören können, da war jemand. Naja, egal! Ich mache jetzt hier oben weiter. Hier habt ihr die Digicam. Der Speicher ist leer und die Batterien ganz neu. Die Bilder vom Haus habe ich schon überspielt. Ich hatte direkt Glück. Es schien sogar ein wenig die Sonne. Deine Oma hat da an der Terrasse aber reichlich Gestrüpp wuchern lassen. Soll ich noch einen Tee holen?" – „Das wäre lieb von dir!", antwortete Cäcilia. „Übrigens ist das kein Gestrüpp, sondern Omas Kräuterecke. Genauso wie die Töpfe auf den Blumenbänken unter dem Vordach." – „Pass auf, dass du nicht wieder Gespenster siehst, wenn du runtergehst!", lästerte Anna. – „Haha!", war die Antwort.

Als Josch mit dem Tee nach oben kam, hatten die beiden Frauen schon ihre Fotos gemacht und versuchten gerade die Bücher sowie die lose Blattsammlung zu sortieren. Dies gestaltete sich etwas schwierig, da sie zum größten Teil weder mit Namen, noch mit Datum versehen waren.

„Was schätzt ihr, wie lange braucht ihr noch?", fragte Josch. – „Nicht mehr lange. Um die Bücher und das Papier zu ordnen, bräuchten wir Stunden. Im Prinzip müsste man erst die Handschriften identifizieren und dann versuchen, die einzelnen Stapel in eine zeitliche Reihenfolge zu bekommen. Das wäre jetzt etwas zu aufwendig. Wir konzentrieren uns deshalb nur auf Omas Bücher, da ich die gerne mitnehmen möchte, um sie zu lesen", entgegnete Cäcilia. – „Okay! Dann vermesse ich noch hier oben die Räume und dann könnten wir – von mir aus – auch mal langsam aufbrechen." – „Gut! Bis du fertig bist, sind wir es auch", versprach sie.

Josch fing mit seinen Messungen im Schlafzimmer, dem größten Raum auf der Etage an. Kurz darauf unterbrach er seine Tätigkeit und sagte staunend: „Wow, der Raum ist größer, als ich dachte. Der hat fast 28 m². Das ist ja ein Ballsaal!" – „Ehrlich? Ist der so groß? Das hätte ich jetzt aber auch nicht vermutet", sagte Cäcilia. – „Das kommt durch die leichte Schräge. Die Grundfläche ist aber sechs Meter und zehn mal vier Meter und fünfzig. Ist hier drüber eigentlich nocht etwas?", wandte sich Josch an Cäcilia. – „Ja, das Dach", antwortete sie geistesabwesend, weil sie versuchte den Raum mit den Augen abzumessen. – „Ceci, das ist mir schon klar! Was ich meine ist, ob hier drüber noch ein Dachboden oder etwas in der Art ist." – „Ups! Ach, das meinst du. Ich war mit meinen Gedanken gerade woanders. Ja, hier drüber ist ein kleiner Speicher. Den erreicht man über die Bodentreppe. Die Luke ist am Ende des Ganges." – „Gut, dann werde ich da gleich mal raufgehen." – „Da will ich aber mit", mischte sich Anna ins Gespräch ein. – „Jaja! Meine kleine, neugierige Schwester! Kaum gibt's dunkle Ecken zu erkunden, ist sie dabei, aber nur mit Verstärkung. Stimmt's?", wandte sich Josch lachend an Anna. – „Na und! Ich bin halt nur vorsichtig. Man weiß ja nie, was passiert. Dunkle Ecken sollte man nie allein erforschen und ohne Absicherung", verteidigte sich Anna. – „Du hast wohl auch einen Horrorfilm zu viel gesehen", meinte Josch dazu. – „Gar nicht!" – „Ist ja gut, Kleine! Du musst dich nicht rechtfertigen. Ich hole dich, sobald ich fertig bin", sagte Josch und streichelte gönnerhaft über Annas Kopf, die diesen unwirsch zur Seite zog.

Josch verließ das Schlafzimmer und ging in den Raum nebenan, ein ehemaliges, später zum Gästezimmer umfunktioniertes, Kinderzimmer. Ein zweites ehemaliges Kinderzimmer war genau gegenüber und daneben das große Bad. Ursprünglich waren neben dem Bad noch zwei Schlafräume, aber Opa hatte in den 70er-Jahren

das Bad renoviert und vergrößert, indem er die Wand zum Neben-
raum eingerissen hatte. Cäcilias Großeltern hatten für damalige Ver-
hältnisse und dafür, dass sie auf dem Land lebten, ein sehr moder-
nes und großzügiges Bad. Das lag daran, dass ihr Opa durch seine
Schreinerei in viele Häuser kam. Wenn ihm etwas gefiel und es sich
in seinem Haus realisieren ließ, dann setzte er es um. Opa hatte
etliche Umbauten an dem ehemaligen Bauernhof vorgenommen,
ohne aber den ursprünglichen Charme zu zerstören.

Cäcilia und Anna hatten die Bücher halbwegs sortiert, da
hörten sie Josch völligst theatralisch sagen: „Sesam öffne dich!"
Sie mussten beide lachen, schüttelten mit den Köpfen, um sich dann
auf den Weg zu Josch zu machen. Josch hatte bereits die Luke ge-
öffnet und die Bodentreppe heruntergelassen.

„Wer will zuerst?", fragte er. – „Du bist der Mann! Du gehst zuerst!", antwortete Anna schnell. – „Was ist aber, wenn eine von euch
strauchelt? Wer soll sie dann auffangen, wenn ich zuerst gehe?",
frotzelte Josch. – „Hört endlich auf!", ging Cäcilia jetzt dazwischen.
„Ich gehe zuerst!".
Langsam und vorsichtig ging sie die Stufen rauf, dabei wünschte sie
sich, sie hätte den anderen den Vortritt gelassen hätte. „Toll, das hat
man davon, wenn man den Mund zu voll nimmt!", dachte sie nur.
Um ganz auf den Speicher zu kommen, musste sie den Rand der
Luke fassen und drüberklettern, was sie mit reichlich Widerwillen
tat, da sie kein großer Fan von Ungeziefer, Krabbeltieren oder Rat-
ten war. Es war ziemlich dunkel und man konnte nur vage Umrisse
erkennen. „Ein Königreich für eine Taschenlampe!", war ihr spon-
taner Gedanke. Plötzlich fiel ihr ein, dass ganz in der Nähe der Luke
ein Lichtschalter war.
„Siehst du etwas?", fragte Josch, der unten stand, während ihr Anna
schon dicht auf den Fersen war. – „Nein, noch nicht. Ich suche
noch den Lichtschalter", gab sie zurück. – „Mach schnell! Ich wollte
hier keine Wurzeln schlagen, Ceci." – „Ja! Moment noch! Ich hab
ihn!", rief sie den beiden zu und betätigte den Schalter. Das Licht
war zwar nur schwach, aber man konnte wenigstens etwas erkennen.
Sie stieg ganz nach oben. Mit ihren ein Meter und siebzig konnte sie
gerade eben stehen. Anna ebenfalls, während Josch seinen Kopf
schon gewaltig einziehen musste. Auf dem Speicher stapelten sich

etliche Kisten zwischen alten Möbeln. Der Staub hier oben verriet, dass schon lange niemand mehr den Speicher betreten hatte.

„Wollt ihr jetzt etwa alle Kisten untersuchen?", wollte Josch wissen. – „Nein, das würde zu lange dauern. Aber guckt mal! Der Schaukelstuhl da, der ist doch toll", gab Cäcilia zurück und machte sich auf in Richtung des alten Schaukelstuhls, dicht gefolgt von Anna. – „Der ist aber schön! Wenn man den wieder richtig fertig macht, dann ist das bestimmt ein echtes Schmuckstück", meinte Anna. – „Ich glaube, der ist sogar noch von meinen Urgroßeltern. Aber das müsste Mama wissen. Du hast aber recht! Da könnte man einiges raus machen" sagte Cäcilia. – „Jetzt sagt mir bitte nicht, dass ihr das alte, verdreckte Teil nach unten holen wollt!", meinte Josch. – „Doch! Wie sollen wir ihn sonst näher begutachten? Hier oben ist es zu dunkel und zu eng", antwortete Anna, bevor es Cäcilia tun konnte. – „Wie willst du den – bitteschön? – da runter bekommen?", fragte Josch genervt. – „Ganz einfach! Wir schaffen ihn jetzt bis zur Luke – so schwer wird er schon nicht sein –, dann gehst du runter und nimmst ihn von uns an. Wo ist das Problem?", erklärte Anna ihren Plan. – „Das dürfte gehen! Schatz, geh du runter! Den Rest hier oben machen wir schon irgendwie", sagte Cäcilia zu Josch. Dieser beugte sich seufzend der weiblichen Übermacht, obwohl er die Idee für bescheuert hielt und ging die Treppe herunter. Cäcilia und Anna wuchteten den Stuhl, der gar nicht so leicht und dazu auch noch sperrig war, bis zur Luke. Josch harrte unten derweil der Dinge, die auf ihn zukommen würden. Als die beiden in Sichtweite waren, fragte er höflich, mit dem Finger auf die Luke zeigend: „Und? Wie wollt ihr den jetzt da durch bekommen?" – „Irgendwer hat den ja auch hier hoch bekommen, dann wird es ja wohl auch umgekehrt gehen", antwortete Cäcilia.

Nach mehreren Versuchen und etlichen Flüchen gelang es ihnen tatsächlich den Stuhl vom Speicher zu befördern. Als die Luke wieder geschlossen war, betrachteten die drei ihn genauer.

„Das ist wirklich ein schönes Teil!", sagte Josch anerkennend. „Das ist noch echte Qualitätsarbeit, richtig massiv. Ich wette, der stammt aus der Familienwerkstatt. Wenn der aufgearbeitet ist, ist der bestimmt ein Vermögen wert." – „Unterstehe dich, überhaupt darüber nachzudenken!", warnte ihn Cäcilia. – „Und wo soll der jetzt hin?

Mitnehmen können wir ihn nicht", bemerkte Josch. – „Ich weiß auch, dass der nicht ins Auto passt! Wir bringen ihn erst einmal ins Wohnzimmer. Ich finde, da würde er sich gut machen. Wenn ich mich recht entsinne, hat er da auch mal gestanden", sagte sie. – „Gut, dann bringen wir ihn runter", gab ihr Mann zurück, der keine Lust mehr hatte, zu diskutieren. „Wenn das erledigt ist, könnten wir auch langsam fahren. Habt ihr mal auf die Uhr gesehen?"

Cäcilia und Anna taten das auch prompt und mussten feststellen, dass es tatsächlich schon halb fünf war.

„Okay, dann mal los! Anna und ich können ja in den nächsten Tagen noch mal allein herkommen. Lasst uns den runterbringen, dann gebe ich noch den Kater nebenan ab. Am besten wartet ihr schon am Auto, dann muss ich mich nicht lange aufhalten und schon geht's ab nach Hause", schlug Cäcilia vor.

Da niemand widersprach, legten sie los. Sie brachten den Schaukelstuhl ins Wohnzimmer, was von Arthur argwöhnisch beobachtet wurde. Anschließend spülte Anna das benutzte Geschirr in der Küche ab. Josch packte seine Sachen zusammen und Cäcilia lief ein letztes Mal nach oben, um die Bücher ihrer Großmutter zu holen und die restlichen Sachen wieder in der Truhe zu verstauen. Zum Schluss hatte sie Athame in der Hand, wollte den Dolch gerade in die Truhe legen, als sie es sich anders überlegte. Sie beschloss, ihn mitzunehmen. Auf dem Weg nach unten rief sie: „Kann mir mal einer den Kater bringen, damit ich ihn Elisabeth geben kann?" Josch übernahm diese Aufgabe. Sie hätte es auch selbst machen können, aber so hatte sie Gelegenheit, den Dolch noch in ihrer Tasche verschwinden zu lassen. Cäcilia schnappte sich den Kater und sie verließen alle das Haus. Auf dem Weg nach draußen, fragte sie Josch: „Hast du etwas? Du hast gerade ganz komisch geguckt, als du mit dem Kater aus dem Wohnzimmer kamst." – „Nein, ich habe nichts!", antwortete Josch. – „Ich dachte nur ... Ich gebe dann mal den Kater ab."

Elisabeth wollte Cäcilia und die anderen natürlich sofort herein bitten, aber Cäcilia vertröstete sie auf das nächste Mal, weil es schon so spät war. Elisabeth ließ es dann auch gut sein. Cäcilia streichelte noch mal über Arthurs Kopf und verabschiedete sich. Für den Rückweg brauchten sie etwas länger. Die Autobahn war relativ voll und zu allem Überfluss fing es auch noch an zu nieseln. Sie setzten Anna ab und fuhren direkt heim.

Das Telefon klingelte, kaum dass sie die Wohnung betreten hatten. Cäcilia ging ran, es war ihre Mutter.

„Hallo, Kind! Wo wart ihr den ganzen Tag?" – „Hatte ich dir nicht erzählt, dass wir heute zum Haus wollten?" – „Nein, das hattest du nicht. Wir haben uns seit Donnerstag auch gar nicht mehr gesprochen", sagte ihre Mutter leicht vorwurfsvoll. Jetzt, wo sie es sagte, fiel es Cäcilia auch auf, dass sie seit dem Tag im Harz nicht mehr mit ihrer Mutter gesprochen hatte.

„Ups! So lange haben wir nichts voneinander gehört? Du, ich wollte nicht anrufen, weil ich nicht wusste, wann du Omas Brief lesen würdest", räumte Cäcilia ein. – „Das dachte ich mir schon. Deshalb hatte ich mich auch noch nicht gemeldet", lachte ihre Mutter jetzt. „Was habt ihr denn am Haus gewollt?"

Cäcilia erzählte von den Fotos, die sie und Josch gemacht hatten, wenn auch aus anderen Gründen, von Arthurs Besuch, von den Büchern, die sie mitgenommen hat und davon, dass der alte Schaukelstuhl wieder im Wohnzimmer steht.

„Der alte Schaukelstuhl ist noch da?", fragte ihre Mutter ganz überrascht. – „Ja, ich dachte, dass du mir da mehr drüber erzählen könntest", antwortete Cäcilia.

Das konnte Brigitte tatsächlich. Der Stuhl stammte wirklich aus der Familienproduktion, gehörte Brigittes Opa und stand bis zur Anschaffung des Fernsehsessels, in dem dann ihre Mutter verstarb, im Wohnzimmer.

„Naja", meinte Cäcilia, nachdem ihre Mutter fertig war, „dann steht er jetzt wieder da, wo er hingehört. Sagst du mir, was in deinem Brief stand?" – „Klar! Mutter hat ausführlich erklärt, warum sie ihren Schwur mir gegenüber gebrochen hat. Ich kann sie jetzt verstehen. Was sie allerdings außer ihrem nahen Tod vorhergesehen hat, kann ich dir leider auch nicht sagen. Sie hat nur geschrieben, dass es in direktem Zusammenhang mit dir steht, aber leider nicht was." – „Mehr steht in meinem Brief auch nicht", äußerte sie sich enttäuscht. „Würden wir es überhaupt erkennen, wenn etwas wäre?" – „Davon bin ich überzeugt! Ich wahrscheinlich eher als du, deshalb unterstütze ich dich auch. Es muss aber schon etwas ziemlich Gravierendes sein."

Da Cäcilia Joschs Geduld an diesem Tag nicht überstrapazieren wollte, beendete sie das Gespräch mit ihrer Mutter und versprach ihr, sich am nächsten Tag zu melden.

„Was überlegst du?", fragte sie ihren Mann. – „Nichts!", gab dieser zurück. – „Wie? Nichts! Ich sehe dir doch an, dass du etwas hast." – „Ach, ich weiß nicht. Ich bin wahrscheinlich auch schon mit dem Hexenvirus infiziert. Erst habe ich Gestalten gesehen, wo keine waren und dann schaukelte auch noch der Stuhl im Wohnzimmer, als ich Arthur geholt habe", sagte Josch. – „Schatz, du bist mit gar nichts infiziert! Die Gestalt, die du gesehen haben willst, war wahrscheinlich ein Schatten. Du hast doch selbst gesagt, dass zum Teil die Sonne rauskam, als du fotografiert hast. Und der Stuhl hat bestimmt gewackelt, weil Arthur ihn untersucht hat. Du weißt doch, wie neugierig Katzen sind", versuchte sie Josch zu beruhigen. – „Mag sein, aber der Kater war gar nicht in der Nähe des Stuhls. Er lag friedlich dösend auf dem Sofa." – „Er hat dich wahrscheinlich kommen hören, ist vom Stuhl gesprungen, weshalb der geschaukelt hat, und ist wieder ganz schnell auf's Sofa. Frei nach dem Motto: Löl – ich war's nicht!" – „Wenn du meinst!", war Joschs nicht gerade überzeugter Kommentar. – „Komm mit! Wir gehen in die Küche und gucken, was wir zu essen da haben. Ich habe irgendwie Hunger", schlug Cäcilia vor.

Sie hätte an dem Abend noch gerne in den mitgebrachten Büchern gestöbert, aber sie unterließ es lieber und war den ganzen Abend nur für ihren Mann da, zumindest bemühte sie sich, was ihr aber gedanklich nicht immer gelang.

7. Von der Theorie zur Praxis

Der Montag fing an, wie er schlimmer nicht hätte anfangen können – nämlich mit Stress pur –, weil Cäcilia und Josch verschlafen hatten. Cäcilia hörte ihren Mann fluchen und wäre am liebsten ganz unter die Decke gekrochen, stattdessen quälte sie sich pflichtbewusst aus dem Bett.

„Schatz, ich mache schnell einen Kaffee. Mach du dich in Ruhe fertig", rief sie Josch durch die geschlossene Badezimmertür zu. – „Ruhe! Von Ruhe kann ja wohl keine Rede sein!", brummelte er zurück.

Als Josch in die Küche kam, war der Kaffee fertig. Er schüttete sich eine Tasse ein, nahm sie mit in sein Arbeitszimmer und packte seine Sachen. Kurze Zeit später kam er mitsamt seinem Rucksack, dem Notebook und der leeren Kaffeetasse zurück, guckte kurz auf seine Uhr und meinte: „Naja, für einen Kaffee bleibt noch Zeit! Was liegt bei dir heute an?" – „Als erstes steht die Post auf meiner Liste, anschließend sind meine E-Mails an der Reihe und dann wollte ich gucken, welche Projekte als nächste interessant sein könnten. Die Kosmetikfirma, auf deren Ausschreibung ich auch einen Entwurf eingereicht hatte, hat sich auch noch nicht gemeldet", antwortete sie. – „War die Frist für die Einreichungen denn schon abgelaufen?", wollte er wissen. – „Ups! Keine Ahnung! Du stellst vielleicht Fragen am frühen Morgen!" – „Du weißt nicht, ob die Frist abgelaufen ist, aber beschwerst dich. Ceci, manchmal bist du eine echte Heldin!", bemerkte Josch kopfschüttelnd.

Cäcilia wollte gerade protestieren, aber erstens war es zu früh und zweitens war Josch schon auf dem Weg zur Tür. „Ich weiß noch nicht genau, wann ich heute komme. Ich wünsche dir einen schönen Tag! Mach's gut!", sagte er noch, gab ihr, die ihm zur Tür hinterhergetrottet war, einen Kuss und ging.

Cäcilia war so unendlich müde und konnte sich eigentlich zu gar nichts aufraffen, da fielen ihr die Bücher ihrer Oma ein. Sie schnappte sich die Bücher, inklusive dem, das sie schon da hatte, nahm ihre Kaffeetasse und kuschelte sich mit ihrer Wolldecke auf dem Sofa ein. Sie wollte die Bücher in eine geordnete, zeitliche Reihenfolge bringen, musste aber festellen, dass dies gar nicht möglich war. Ihre Oma hatte im Laufe der Jahre ihren Stil geändert. Anfangs hatte sie alles, wie es kam, aufgeschrieben. Später hatte sie die Bücher unterteilt nach Rezepten, Kräutern, Heilsteinen, Ritualen und Vorkommnissen. Schließlich kamen noch die Notizen zu Ratsuchenden und Vorschlägen hinzu. Zu allerletzt hatte sie alles getrennt in ihren Schattenbüchern niedergeschrieben. Da gab es eins, in dem nur Rituale beschrieben wurden sowie Zaubersprüche aufgeschrieben waren. Cäcilia legte die anderen Bücher beiseite und blätterte das „Ritualbuch" durch. Sie hätte nie gedacht, dass es so viele verschiedene Rituale geben würde. Oma hatte sie genauestens beschrieben. Einige Rituale hatte sie mit dem Wort „Abschrift" gekennzeichnet. Cäcilia hätte zu gerne gewusst, was damit gemeint war. Was für sie aus dem Buch aber nicht ersichtlich wurde, war, welche Rituale ihre Oma tatsächlich praktiziert hatte. Sie musste unbedingt ihre Mutter anrufen, um mehr zu erfahren. Da Cäcilia nur zu gut wusste, wie verschusselt sie manchmal war – böse Zungen behaupteten, sie wäre es ständig –, stand sie auf und holte Zettel sowie Stift aus ihrem Arbeitszimmer und fertigte sich eine Erledigungsliste an. Als sie beim Stichpunkt „Post" angelangt war, fiel ihr ein, dass die bestellten Bücher heute ankommen könnten. Also setzte sie diesen Punkt etwas tiefer auf die Liste, damit sie vormittags das Haus nicht verlassen musste. Die Liste wuchs und wuchs. Einige Dinge – Telefonate mit Mutter und Anna – wollte sie erledigt haben, bevor Josch zurück wäre, damit er sie nicht mitbekäme. Also beschloss sie, ihren PC zu starten und sich anzuziehen. Der Gedanke, den Postboten im Bademantel zu empfangen, war auch nicht so wirklich prickelnd.

Nachdem Cäcilia die Vorbereitungen abgeschlossen hatte, fielen ihr Omas Bücher wieder ein, die offen im Wohnzimmer lagen. Die mussten da noch unbedingt weg, genauso wie der Dolch aus ihrer Handtasche. Die ganzen Sachen mussten ja nicht so direkt vor Joschs Nase liegen. Cäcilia schaute in ihre Schränke und seufzte. Die Erkenntnis traf sie hart und gefiel ihr auch überhaupt nicht, aber es nutzte nichts. Um Platz zu haben, musste sie aufräumen. Als sie sich so in ihrem Arbeitszimmer umsah, fiel ihr Blick auf ihren Schrank mit der Rolltür, der abschließbar war. Darin verwahrte sie eigentlich ihre aktuellen Projekte sowie andere wichtige Unterlagen, die sie lieber unter Verschluss hatte. Sie konnte sich nicht daran erinnern, wann sie den zuletzt auf Vordermann gebracht hatte. Sie schloss ihn kurzerhand auf und musste nicht lange nach Dingen suchen, die sie entsorgen konnten. Als sie fertig war, hatte sie tatsächlich ein ganzes Fach frei und konnte ihrem Mann abends noch stolz berichten, dass sie mal wieder aussortiert hatte. Durch die Aktion war der schlechte Start in den Tag schon fast vergessen. Sie verstaute die Bücher sowie den Dolch und widmete sich ihren beruflichen Angelegenheiten.

Tatsächlich hatte sie einen interessanten und lukrativen Auftrag angeboten bekommen. Der Auftrag war von einem Hersteller für Babynahrung, für den sie schon häufiger gearbeitet hatte. Sie musste nur noch annehmen, in dem sie ihn bestätigte, was sie auch sofort tat. Dies tat sie immer noch auf die alte, konservative Art und Weise – nämlich per Brief. Die restlichen E-Mails waren schnell abgearbeitet. Sie hatte sogar daran gedacht, nach dem Fristende bei der Kosmetikfirma zu sehen. Die Frist war gerade erst seit einer Woche verstrichen und sie hatte weder eine Zu- noch eine Absage. „Ein gutes Zeichen!", dachte sie sich.

Der Vormittag war halb rum und noch kein Postpaket da. „So ist das halt immer", sagte sich Cäcilia, „wenn man auf etwas wartet, dann kommt nichts!" Um die Zeit zu überbrücken, rief sie ihre Mutter an, die erstaunlicherweise auch zu Hause war. „Hallo, Mama! Ich bin's. Wie versprochen! Störe ich gerade?", fragte Cäcilia ihre Mutter. – „Hallo, Ceci! Du störst überhaupt nicht! Was gibt's?", fragte ihre Mutter zurück. – „Ich konnte doch gestern nicht richtig reden – wegen Josch. Der hat einfach nicht so viel Verständnis wie Papa. Obwohl gestern etwas Merkwürdiges passiert ist", sagte Cäcilia und erzählte ihrer Mutter dann, was Josch am Fenster gesehen haben wollte und von seinem Erlebnis mit dem Schaukelstuhl. Zum Schluss fügte sie noch hinzu: „Er konnte sich gestern überhaupt nicht beruhigen. Das ging ihm einfach nicht aus dem Kopf, egal, was für plausible Erklärungen ich anbrachte." – „Das ist doch klar! Das passt doch alles nicht in sein Denkschema. Wie kann sich ein Stuhl auch einfach so bewegen ...? Weißt du denn jetzt schon, was du mit dem Haus machst?", wollte Brigitte wissen. – „Nein, aber, wenn ich ganz ehrlich bin, dann würde ich es – im Gegensatz zu Josch – ungern abgeben. Ich weiß nur, dass ich den blöden Fernsehsessel loswerden möchte. Frag mich nicht warum! Josch will aber unbedingt einen Termin mit einem Sachverständigen oder Makler machen, damit wir wissen, was es wert ist. Ich denke, das kann ja nicht schaden. Mehr kann ich dir aber auch noch nicht sagen. Du jetzt mal etwas anderes. Warum hat Oma so einen dunklen Mantel, ja, eher so einen Umhang mit Kapuze in der Truhe?" – „Ach, den!", lachte ihre Mutter am anderen Ende. „Den hat sie benutzt, wenn sie auf Wunsch Schutzrituale für Häuser und Grundstücke praktiziert hat. Mit dem Umhang war sie in der Dunkelheit fast unsichtbar. Sie hat oft solche ‚Aufträge' erhalten und hielt es häufig für ratsam, dass die ‚lieben' Nachbarn das nicht mitbekamen. Nicht alle sind unvoreingenommen. Sie hatte ihn zum Beispiel auch an, wenn es erforderlich war, Gegenstände nach einem Ritual an einem geheimen Ort zu vergraben. So fiel sie im Wald weniger auf. Das ist alles!" – „Ah, ja! Wo wir gerade beim Thema Rituale sind. Ich habe ein Buch gefunden, da sind alle möglichen Rituale beschrieben. Zum Teil steht am Rand dann die Bemerkung ‚Abschrift'. Was hat es damit auf sich? Und hat Oma alle diese Rituale praktiziert?", waren Cäcilias Fragen. – „Nein, Ceci, alle hat sie nicht praktiziert. Ich weiß, dass sie eine ganze Zeit lang damit beschäftigt war, die alten Riuale, die auf der losen Blattsammlung stehen, wieder zusammen zu kriegen. Ich denke, das ist mit Abschriften gemeint. Ich glaube, dass meine Mutter am Ende gar nichts mehr gemacht hat. Als wir da waren, ist mir aufgefallen, dass ihr kleiner Altar, den sie in der Küche auf der Anrichte hatte, nicht mehr da war." – „Stimmt! Jetzt, wo du es sagst, fällt es mir auch auf. Da war doch immer ein weißes Tuch mit Kerzen, Räucherwerkzeug und so einem Stern", stimmte Cäcilia ihrer Mutter zu. – „Das war kein Stern, sondern ein Pentagramm", wurde sie belehrt. – „Okay, dann eben ein Pentagramm. Haben Pentagramme nicht etwas mit Satanismus und schwarzen Messen zu tun?" – „Du glaubst auch an den Milchmann, oder?", lachte ihre Mutter. „Du Dummerchen! Wo hast du denn den Blödsinn aufgeschnappt? Pentagramme dienen zum Schutz." – „Ach, so! Das Pentagramm aus der Küche habe ich aber bei den anderen Sachen in der Truhe gesehen", sagte Cäcilia. „Die Bücher von Oma habe ich übrigens alle hier und auch den Dolch." – „Den Dolch auch?", fragte ihre Mutter erschrocken. „Pass bloß auf, dass

Josch den nicht sieht. Wer weiß, wie er dann wieder reagiert." –
„Keine Sorge! Ich habe die Sachen alle unter Verschluss. Ich kenne
ihn doch schließlich. Ich bin nur froh, dass ich dich und Anna habe", beruhigte sie ihre Mutter. „Ich habe noch eine Frage. Ist es
schwierig so ein Ritual zu machen?" – „Warum fragst du? Willst du
es etwa ausprobieren?", fragte Brigitte. – „Naja, warum eigentlich
nicht?", gab Cäcilia zurück. „Oder ist das gefährlich?" – „Es gibt
Rituale, von denen man sagt, dass sie nicht ungefährlich sind und
man als Ungeübter die Finger davon lassen sollte, aber ansonsten ist
es eigentlich nicht gefährlich. Es sei denn, du vergisst, die Kerzen
auszumachen", lachte sie. „An was für ein Ritual hattest du denn
gedacht?", wollte sie noch wissen. – „Ich bin mir noch nicht sicher.
Vielleicht ein Schutzritual?", meinte Cäcilia. – „Warum nicht! Mutter
hat doch die verschiedensten Schutzrituale genau beschrieben. Vielleicht ist ja auch genau das dabei, was du für deine Zwecke
brauchst."

An der Stelle musste Cäcilia das Telefonat beenden, weil es
an der Tür klingelte. Der Paketdienst war da und brachte ihre Bücher. Die musste sie sich natürlich erst einmal näher ansehen. Als
Cäcilia das Paket öffnete, war sie doch überrascht, dass sie gleich
zehn Bücher bestellt hatte. „Gut, dass wir getrennte Konten haben!", dachte sie nur.
Sie packte die Bücher aus, blätterte sie kurz durch und räumte sie
dann in ihren Schrank. Den Karton machte sie klein, damit sie ihn
gleich auf dem Weg zur Post entsorgen konnte. Mit ihrer Post und
dem Altpapier unter dem Arm machte sie sich auf den Weg. Auf
dem Rückweg machte sie noch Einkäufe für das Abendessen.

Wieder in ihrer Wohnung rief sie Anna an, die es umgekehrt
auch schon versucht hatte, wie Cäcilia dem Anrufbeantworter entnehmen konnte.
„Hi, Ceci! Wo hast du dich denn rumgetrieben?", fragte Anna. –
„Ich musste dringend zur Post und anschließend habe ich noch
schnell eingekauft, damit dein Bruder nicht verhungert", antwortete
Cäcilia. – „Ach, so! Sind die Bücher angekommen? Hast du noch in
die Bücher von deiner Oma geguckt? Hast du schon mit deiner
Mutter gesprochen? Also ich fand den Tag gestern völlig spannend.
Ich hätte noch länger bleiben können", sprudelte es nur so aus Anna

heraus. – „Hey! Stop! Eins nach dem anderen. Also, die Bücher sind angekommen. Waren ein paar viele – ups! Ich habe sie erst einmal verschwinden lassen. Josch muss sie ja nicht unbedingt sehen. Als Nächstes: Ja, ich habe in die Bücher geschaut und bin dann an einem Buch mit Ritualen hängengeblieben. Deshalb habe ich auch Mama angerufen und mit ihr – unter anderem – darüber geredet. Dabei habe ich mich noch total blamiert, weil ich dachte, Pentagramme wären ein Zeichen für Satanismus." – „Da hättest du nur mich fragen müssen", unterbrach Anna sie kurz. – „Danke dafür! Ich hätte gestern auch noch bleiben können, aber wir hatten ja den alten Quengelkopf dabei. Wir müssen unbedingt mal allein zum Haus. Vielleicht können wir dann auch Mama mitnehmen. Ich muss nur gucken, wie ich das zeitlich alles geregelt bekomme, da ich heute einen Super-Auftrag angenommen habe", versuchte Cäcilia Annas Neugierde zu befriedigen. – „Das ist ja toll! Glückwunsch! Aber da kommt wieder reichlich Arbeit auf dich zu und dann wirst du wenig Zeit für andere Dinge haben", äußerte sich Anna ganz enttäuscht. – „Von wegen! Die Zeit nehme ich mir! Ich lasse mir schon etwas einfallen. Meinst du, mich fasziniert das Thema nicht? Ich habe heute mit Mama intensiv über Rituale gesprochen und ich denke, ich werde eins versuchen. Mama meint, ich sollte es ruhig machen, schließlich hätte ich ja ausführliche Beschreibungen von Oma", erzählte Cäcilia. – „Ein Ritual! Wie irre ist das denn! Weißt du schon, was für eins? Und wann?" Anna war jetzt völlig aus dem Häuschen. – „Nein", lachte Cäcilia, die mit so einer Reaktion ihrer Schwägerin schon gerechnet hatte, „ich weiß noch nicht wann. Bis jetzt war es eigentlich auch nur so eine vage Idee, aber sie nimmt immer mehr Gestalt an. Ich wollte mich gleich noch mit dem Ritualbuch beschäftigen. Wenn Josch nach Hause kommt, will ich an meinem Zeichenbrett sitzen und schon grob etwas skizziert haben, damit er nichts zu meckern hat. Du weißt ja: Männer dürfen alles essen, aber nicht alles wissen!" – „Da hast du recht! Dann sieh mal zu, wie du voran kommst. Ich werde noch ein wenig im Internet recherchieren, vor allem zu den Themen Ritualdolche und Pentagramme. Wusstest du eigentlich, dass der Todestag deiner Oma ein Hexensabbat ist?", fragte Anna. – „Nein! Der zweite Februar ist ein Feiertag im Hexenkalender?" – „Ja!", antwortete Anna ganz stolz, weil sie das wusste. „Das Fest hat den Namen Imbolc oder Fest der Brigid. Schon ein seltsamer Zufall, dass deine Oma ausgerechnet an so einem Tag stirbt, oder?", meinte Anna. – „Das ist wirklich komisch! So, jetzt muss ich aber zusehen, dass ich hier zu Potte komme. Sonst gibt's wieder Zoff mit Männe", sagte Cäcilia. – „Mach das! Aber melde dich sofort, wenn es etwas Neues gibt." Cäcilia versprach's und beendete das Gespräch. Anschließend durchsuchte sie ihre neu erworbenen Bücher nach Hexenfeiertagen und wurde auch schnell fündig.

Irgendwie ärgerte es sie, das ihr Anna immer einen Schritt voraus war.

Aber gut, die hatte jetzt Semesterferien und keinen Mann im Rükken, der bei diesem Thema ständig maulte.

Cäcilia wunderte sich nur, dass ihre Mutter diesen merkwürdigen Zufall bisher nicht angesprochen hatte. Gehörte das auch zu den Familienereignissen, von denen sie ja auch noch längst nicht alle kannte? Cäcilia wollte sie gleich beim nächsten Gespräch danach fragen.

Als Josch von der Arbeit kam, hatte es Cäcilia tatsächlich geschafft, alles so aussehen zu lassen, als wäre es ein ganz normaler Tag gewesen. Sie aßen gemeinsam, redeten über den Tag, wobei Cäcilia die Telefonate mit ihrer Mutter und Anna nur am Rande erwähnte. Den Schwerpunkt legte sie auf den neuen Auftrag. Sie vergaß natürlich nicht zu erzählen, dass sie auch aufgeräumt und aussortiert hatte.

„Das ist ja echt super! Was machst du nur, wenn die Kosmetikfirma auch noch zusagt?", wollte Josch wissen. – „Dann sind eben wieder Nachtschichten angesagt, aber daran denke ich noch gar nicht", gab sie zurück. – „Es ist nur so, dass ich dir in der nächsten Zeit auch keine große Hilfe sein kann. Die nächsten Tage muss ich länger arbeiten, zum Teil auch hier. Dienstag fliege ich nach London und muss bis Donnerstag bleiben", teilte er ihr mit. – „Zwei Tage lässt du mich allein?!", spielte Cäcilia die Empörte. – „So schlimm wird es schon nicht. Ich fliege Dienstag ganz früh und bin Donnerstag am späten Nachmittag zurück. Kannst ja Anna einladen, damit du nicht so einsam bist", schlug er vor. – „Vielleicht mache ich das sogar. Wollt ihr euer neues Programm in England vorstellen?", fragte sie. –

„Das Konzept und die Grundzüge. Ganz ausgereift ist es ja noch nicht. Der entscheidende Durchbruch ist bisher ausgeblieben, deshalb haben wir ja noch so viel Arbeit", gab Josch zurück. – „Naja, ihr habt noch eine Woche. Vielleicht hat euer Team bis dahin noch eine Eingebung", scherzte sie.

Josch konnte nicht wirklich darüber lachen. Er verzog sich nach dem Essen auch direkt in sein Arbeitszimmer. Das gab Cäcilia die Möglichkeit, sich im Internet über Pentagramme zu informieren. Leider war sie mal wieder nicht vorsichtig genug. „Ich glaube kaum, dass du die Dinger in deinen Auftrag einbauen willst", sagte Josch, der plötzlich im Raum stand. – „Äh, nein! Ich hatte so ein Pentagramm bei Omas Sachen gesehen und wollte Näheres darüber wissen", erwiderte sie. – „Schon gut!", sagte Josch etwas genervt. „Pass nur auf, dass du deine eigentliche Arbeit darüber nicht vernachlässigst. Oder willst du demnächst von Hokuspokus und Zauberei leben?" – „Keine Angst! Ich mache meinen Job schon! Was ich in meiner Freizeit mache, ist ja wohl meine Sache!", gab sie schnippisch zurück. – „Ich gehe schon mal ins Bett. Der Tag morgen wird hart." – „Geh schon vor, ich komme auch gleich."

Cäcilia beeilte sich, dass sie auch schnell ins Bett kam. Als sie das Schlafzimmer betrat, lag Josch eingerollt im Bett und der Fernseher lief. Sie kuschelte sich an ihn. „Hast du den Timer eingestellt?", fragte sie. – „Nein, noch nicht. Ich wusste ja nicht, wann du kommst", antwortete Josch.

Sie programmierte den Timer auf eine halbe Stunde, aber eh sich der Fernseher ausschaltete, waren sie schon fest eingeschlafen.

Der Dienstag fing nicht so holprig an wie der Tag zuvor. Da Cäcilia keine Außentermine hatte, konnte sie sich der Wohnung, ihrer Arbeit und ihrer neuen Leidenschaft widmen. Magie und Hexerei hatten tatsächlich eine Leidenschaft in ihr entfacht. Sie hatte das Gefühl, sie müsse dreißig Jahre Wissen und Erfahrung aufholen. Das dies unmöglich war, das war ihr bewusst, aber ihr Ehrgeiz war extrem groß. Sie war gerade mit Omas Ritualbuch beschäftige, als Anna anrief.

„Hallo, Ceci! Störe ich oder hast du etwas Zeit?", fragte sie. – „Hi, Anna! Ich habe Zeit. Ich hätte dich auch gleich angerufen. Gestern

Abend bin ich wieder voll negativ aufgefallen. Ich habe Infos zu Pentagrammen ausgedruckt, da kam Josch rein. Er war nicht besonders ‚amused‘, wie du dir denken kannst. Aber nächste Woche fliegt Josch nach London. Da habe ich wenigstens meine Ruhe. Ich überlege, ob ich das mit dem Ritual dann mache", erzählte sie Anna. – „Das ist ja klasse! Hast du dir schon überlegt, was für ein Ritual?", wollte Anna wissen. – „Nein, so weit bin ich noch nicht. Aber ich denke, ich fange klein an und mache ein Schutzritual. Vorher will ich aber noch mit Mama drüber reden. Auch wenn sie in den letzten Jahren nichts mehr gemacht hat, so hat sie doch mehr Erfahrung", gab Cäcilia zurück. – „Ein Schutzritual kann bestimmt nicht schaden, zumal du ja auch nicht weißt, was deine Oma in dem Brief gemeint hat. Weißt du schon wann und in welcher Form?" – „Nein! Ich sagte doch bereits, so weit bin ich noch nicht. Du, sei mir nicht böse, aber ich wollte noch ein wenig lesen und dann muss ich mich wieder an die Arbeit begeben, damit ich nicht wieder wie eine Blöde vor deinem Bruder dastehe. Ich melde mich bei dir, wenn alles spruchreif ist", vertröstete sie Anna.

An diesem Tag gelang es ihr tatsächlich, nicht unangenehm auzufallen, was Josch mit dem Kommentar quittierte: „ Hat sich die erste Aufregung um die Hexerei endlich gelegt?" Cäcilia nickte einfach nur und war froh, dass er ihr nur vor den Kopf und nicht hinein gucken konnte.

Die nächsten Tage liefen nicht so nach Cäcilias Geschmack. Der Babynahrungshersteller hatte sich gemeldet und angefragt, wann mit den ersten Entwürfen zu rechnen wäre. Bei einem anderen Projekt sollte sie nachbessern, da dem Auftraggeber die Farbauswahl nicht ganz gefiel. Und zu allem Überfluss fing auch noch ihr Computer an zu spinnen. Josch bekam das Problem relativ schnell in den Griff, aber ihr fehlte ein ganzer Nachmittag und Josch war auch etwas angefressen, weil er der Meinung war, das sie das Problem verursacht hätte, da sie ihre Festplatte nie aufräumen würde und sich der Computer deshalb verrannt hätte. Natürlich hatte er gesehen, welche Seiten sie im Internet aufgerufen hatte. Musste das blöde Ding gerade jetzt spinnen?! Dass das Ärger geben würde, war ihr klar, darum hatte Cäcilia auch lieber nichts gesagt, als er süffisant meinte: „Kein Wunder, dass der spinnt. Der ist total verhext!"

Erst am Freitag hatte sich die Lage einigermaßen beruhigt, so dass sie wieder daran denken konnte, ihre Mutter und Anna anzurufen. Sie begann bei ihrer Mutter. Sie berichtete ihrer Mutter von den letzten Tagen und wollte von ihr wissen, wann sie mal Zeit für einen Kaffee hätte.

„Komm doch einfach heute Nachmittag zu uns. Dein Vater ist nicht lange da, da er zum Tennis verabredet ist. Wir hätten dann schön Zeit und könnten in Ruhe quatschen. Wenn du möchtest, kannst du Anna gleich mitbringen. Es sei denn, es wäre dir unangenehm wegen der Familiengeschichte", schlug ihre Mutter vor. – „Das ist eine prima Idee! Der Gedanke mal aus der Bude zu kommen, ist echt verlockend. Wenn dir das mit der Familiengeschichte nichts ausmacht, warum sollte es mir dann etwas ausmachen? Außerdem ist Anna ja keine Fremde", sagte Cäcilia. – „Nein, das ist sie nun wirklich nicht! Die Geschichte, die ich euch nachher erzähle, ist zwar etwas seltsam, aber nichts, was man hinter vorgehaltener Hand erzählen müsste."

Gleich nach dem Gespräch mit ihrer Mutter, rief sie Anna an. Sie war sofort Feuer und Flamme von der Idee, obwohl sie eine andere Verabredung absagen musste. Sie verabredeten sich für kurz nach zwei, damit sie um halb drei bei Cäcilias Mutter sein konnten. Josch hinterließ sie eine Nachricht auf dem Küchentisch, falls er früher als sie daheim sein sollte.

„Hi, Mama! Hier sind die Wissenshungrigen", begrüßte Cäcilia ihre Mutter. – „Hallo, ihr beiden Hübschen! Kommt erst einmal herein", erwiderte Brigitte den Gruß. Sie lotste die beiden ins Wohnzimmer, wo sie schon den Kaffeetisch gedeckt hatte. Kuchen durfte bei Cäcilias Mutter natürlich auch nicht fehlen. Zum Kaffee gesellte sich auch noch Cäcilias Vater zu den drei Frauen. Er verabschiedete sich aber recht zeitig wieder mit einem Augenzwinkern und dem Kommentar: „Ich will jetzt nicht weiter bei diesem ‚konspirativen' Treffen stören. Ich wünsche euch noch viel Spaß! Ich gehe jetzt Filzkugeln jagen." – „Was haben dir die armen Dinger eigentlich getan, dass du sie immer jagst?", scherzte Cäcilia zurück.

Als er weg war, fragte Brigitte: „Du hast also vor, ein Ritual abzuhalten?" – „Ja, ich dachte an ein Schutzritual. Nächste Woche ist Josch nicht da und da könnte ich das prima machen. Ich habe in Omas Ritualbuch eins gefunden, bei dem man den Schutz auch auf andere ausweiten kann. Funktioniert so etwas?", fragte sie ihre Mutter. – „Ich glaube, da könntest du jetzt zehn verschiedene Leute fragen und würdest ebenso viele Antworten bekommen. Ich persönlich bin davon überzeugt, dass es funktioniert. Wichtig ist nur, dass es richtig gemacht wird, denn dafür gibt es ein paar Regeln. Die wichtigste ist allerdings, dass es niemandem schadet", antwortete ihre Mutter. – „Also ich glaub auch daran, dass es funktioniert", äußerte sich Anna. „Aber braucht man dafür nicht ganz viele Utensilien? Wie willst du die bis nächste Woche besorgen?" – „Es gibt doch Online-Shops. Die Seiten haben wir doch schon gesehen", gab Cäcilia zurück. – „Ja schon, aber meinst du, die liefern so schnell?", äußerte Anna ihre Bedenken. – „Leute, habt ihr schon mal etwas von Improvisation gehört? Was sollten die Menschen früher machen, als es noch kein Internet gab?", mischte sich Cäcilias Mutter ein. – „Was haben die denn gemacht? Außerdem, was brauche ich eigentlich alles für ein Ritual?", fragte Cäcilia. – „In erster Linie brauchst du Ruhe und eine gute Vorbereitung. Dann brauchst du Kerzen. Du kannst farbige nehmen, reinweiße tun es aber auch. Den Mittelpunkt würde ich durch ein weißes Tuch und eine Altarkerze hervorheben. Außerdem empfehle ich Räucherkegel oder -stäbchen. Omas Ritualdolch zum Ziehen eines Schutzkreises hast du da und ein Pentagramm kann man zur Not auch zeichnen oder mit Athame in die Luft malen", antwortete ihre Mutter. – „Die Sachen auf die Schnelle zu besorgen, ist ja wirklich kein Problem. In der Stadt gibt es auch so einen Laden für okkulte Sachen. Gesehen habe ich den jedenfalls schon", meinte Anna. – „Stimmt! Ich habe den auch schon gesehen. Der ist in der Dingsstraße – mir fällt doch glatt der Name nicht mehr ein!", sagte Cäcilia. – „Da könntet ihr doch mal stöbern. Falls es den noch gibt", meinte Cäcilias Mutter. – „Das können wir für Dienstag schon mal festhalten. Dann mache ich am Mittwoch mein erstes Ritual. Hast du nicht Lust am Dienstag mit uns zu kommen?", wandte sich Cäcilia an ihre Mutter. – „Nein, geht ihr mal allein", sagte Brigitte lachend. – „Muss man bei Ritualen nicht auf Mondphasen achten? Ich meine, so etwas gelesen zu haben", wollte Cäcilia wissen. – „Ein Schutzritual kann man eigentlich immer durchführen. Die Frage ist nur, warum du unbedingt ein Schutzritual durchführen willst", meinte Brigitte. – „Ich kann es auch nicht genau sagen, aber irgendwie ist mir danach. Vielleicht hat das mit Omas Briefen zu tun. Sie hat ja vorhergesagt, dass etwas geschieht und das es mit mir zu tun hat", gab Cäcilia zurück. – „Du meinst also, etwas zusätzlicher Schutz könnte jetzt nicht schaden?", fragte Anna, die den Brief auch gelesen hatte. – „Genau!", antwortete Cäcilia. – „Schaden kann es auf keinen Fall. Du solltest vielleicht auch immer einen Schutzstein bei dir haben", sagte Brigitte. – „Und was für einen Stein?" – „Ich würde einen Peridot empfehlen. Er gilt als der mächtigste Schutzstein der alten Druiden. Den solltest du dann immer bei dir haben", antwortete Brigitte. – „Den bekomme ich doch bestimmt in so einem Mineralienladen. Kommen wir jetzt aber mal zu den Familienereignissen, die zwar immer angesprochen, aber nie ausgesprochen wurden", lenkte Cäcilia jetzt die Aufmerksamkeit auf das Thema, das sie am meisten interessierte. – „Wie ich dir ja bereits erzählt hatte, ist ein immer wiederkehrendes Ereignis, dass die Frauen in unserer Familie schon seit Generationen im Alter von 27 Jahren ein Mädchen zur Welt bringen. Das war schon bei meiner Urgroßmutter so. Von ihr wissen wir es noch gesichert. Du bist die erste, die diese Serie gebrochen hat", erzählte Brigitte. – „Ist ja schon irgendwie seltsam", meinte Anna. „Und es waren immer Mädchen? Nie war ein Junge dazwischen?" – „Es waren immer Mädchen und entweder das erste oder das letzte Kind", antwortete Cäcilias Mutter.

Cäcilia und Anna wunderten sich noch über diese seltsame Serie, als Brigitte fortfuhr und von der nächsten Merkwürdigkeit in der Familiengeschichte berichtete. Sie erzählte von Omas Bruder Hans, der im März 1935 starb und dass Oma acht Monate später Cäcilias Onkel zur Welt brachte, den sie aber nie kennenlernte, da er im Dezember 1939 mit vier Jahren an einem Blinddarmdurchbruch starb. Oma hatte ihn in Gedenken an ihren toten Bruder ebenfalls Hans genannt.
„Im August 1940, acht Monate nach dem Verlust von Hans brachte meine Mutter Hanne, meine Schwester, zur Welt. Tja, Gerd kam

1937 zur Welt und 1943 wurde ich geboren, da war meine Mutter 27", erzählte Brigitte weiter. – „Das ist schon abgefahren! Da stirbt jemand in der Familie und acht Monate später gibt es Familienzuwachs. Das hört sich für mich nicht mehr nach Zufall an", meinte Anna. – „Komisch ist das schon!", sagte auch Cäcilia. – „Ja, aber es geht ja noch weiter. Meine Schwester Hanne starb im November 1969 bei einem Verkehrsunfall. Im Juli 1970 wurdest du geboren – acht Monate später und ich war 27."

Cäcilia und Anna wollten etwas sagen, aber Brigitte deutete mit einer Handbewegung an, dass sie noch nicht fertig war.

„Dann ist Anfang November 1996 mein Vater gestorben. Im Juni 1997 tauchte plötzlich der kleine Arthur aus dem Nichts bei meiner Mutter auf – auch wieder acht Monate später. Niemand im Dorf hatte zu der Zeit einen Wurf mit schwarzen Katzen. Wo kam er also plötzlich her? Außerdem tat er von Anfang an so, als ob er dahin gehören würde. So, jetzt seid ihr dran!", beendete sie ihre Geschichte. – „Mir fällt dazu nichts mehr ein!", äußerte sich Anna. – „Mir auch nicht! Das muss ich erst einordnen", sagte Cäcilia. – „Jetzt kennst du die ganze Familiengeschichte. Mutter und ich wollten eigentlich noch weiter in die Vergangenheit zurückgehen, um zu sehen, ob es noch mehr solche Ereignisse gab, aber als ich mit dir schwanger wurde, wollte ich mit dem ganzen Thema nichts mehr zu tun haben. Ich war einfach überempfindlich und übervorsichtig, deshalb ist aus unseren Plänen nichts mehr geworden. Ich wette aber mit euch, dass meine Mutter noch mehr herausgefunden hat. Vielleicht steht darüber ja auch etwas in ihren Büchern." – „Da gucke ich mal nach. Bisher hatte ich mich hauptsächlich mit dem Ritualbuch beschäftigt. Ich muss ja immer alles heimlich machen – wegen Josch. Apropos Josch! Wir müssen mal langsam los", sagte Cäcilia.

Sie verabschiedeten sich von Cäcilias Mutter und brachen auf. Cäcilia brachte Anna noch nach Hause. Sie redeten nicht mehr viel auf dem Heimweg, da beide ihren Gedanken nachhingen. Sie waren sich in zwei Punkten aber einig. Erstens konnten es keine Zufälle sein und zweitens wollten sie der Geschichte weiter auf den Grund gehen. Für das Wochenende verabredeten sie, dass sie nur per E-Mail in Verbindung blieben – wegen Josch.

Dieser wartete auch zu Hause schon auf Cäcilia. „Du hattest heute Morgen gar nicht gesagt, dass du zu deiner Mutter wolltest. Ich dachte, du müsstest noch so viel aufarbeiten, deshalb wolltest du auch nicht kochen. Stattdessen wollten wir essen gehen. War der Hokuspokus mal wieder wichtiger? Gegessen hast du wahrscheinlich auch noch nichts. Du bist nämlich schon wieder ganz blass", begrüßte er sie in nicht gerade bester Laune. – „Sorry, aber das Kaffee trinken mit Mama war eine Spontanidee. Kannst du dir vielleicht vorstellen, dass es mir auch mal ganz gut tut, aus der Bude hier rauszukommen? Dass das sogar förderlich sein könnte für meine Kreativität? Mama hat schließlich auch immer gute Ideen. Gegessen habe ich auch – Kuchen bei Mama! Und mit Hokuspokus – wie du es abfällig nennst – hatte das nichts zu tun", verteidigte sie sich, wohl wissend, das Letzteres gelogen war. – „Schon gut", lenkte Josch ein. „Warum sagst du nicht einfach, dass dir die Decke auf den Kopf fällt und du Abwechslung brauchst. Ich bin doch der Letzte, der etwas dagegen hätte." – „Die Woche war für uns beide stressig, dann noch der Mist mit meinem PC. Da war nicht viel Platz für Abwechslung", sagte sie leise. – „Hast du denn noch Lust, mit diesem männlichen Scheusal ein Restaurant zu besuchen?", fragte Josch und deutete mit seinen Händen auf sich. Cäcilia musste lachen und willigte ein.

Das Wochenende gestaltete sich als echte Herausforderung für Cäcilia. Da Josch für die Arbeit und den Londontrip noch einiges vorbereiten musste, hätte sie theoretisch die Möglichkeit gehabt, sich um weitere Recherchen zu kümmern. Stattdessen wagte sie sich nur hin und wieder, Anna eine E-Mail zu schicken, was ihr auch keinen weiteren Ärger mit ihrem Mann einbrachte. Faktisch sah es aber auch so aus, dass sie wirklich viel vorzubereiten hatte, da sie den Dienstag und Mittwoch bereits verplant hatte. Sie hatte also gar keine Wahl. Der Job ging erst einmal vor, wenn es auch schwer fiel. Vom Verstand her war ihr das klar, aber gefühlsmäßig war sie zerrissen von Ungeduld, Vorfreude und Aufregung. Warum konnte sie sich nicht einfach mit den Fingern schnippen und es wäre Dienstag? Das Leben konnte wirklich grausam sein!

8. Das Ritual

Endlich war es wenigstens schon Montag. Als er zur Arbeit ging, hatte Josch schon angedroht, dass er früher nach Hause käme wegen des Londontrips. Sie hatten Sonntagabend noch besprochen, was er alles mitnehmen müsste. Cäcilia suchte seine Kleidung schon zusammen und schaute nach, ob noch etwas zu bügeln war. Anschließend wollte sie sich an die Arbeit begeben. Ihr Job machte sich schließlich nicht von allein.

Sie hatte gerade angefangen, als das Telefon klingelte. „Hi, Ceci! Störe ich dich gerade?", fragte Anna. – „Hallo, Anna! Die ehrliche oder zensierte Antwort?", erwiderte Cäcilia. – „Okay, hab schon verstanden! Ich wollte dir auch nur sagen, dass ich schon angefangen habe, eine Einkaufsliste für morgen zu erstellen. Wenn du nachher mal etwas Zeit hast, kannst du dich ja melden", teilte Anna mit und beendete das Gespräch auch schon wieder.

Eine Einkaufsliste! Daran hatte Cäcilia überhaupt nicht gedacht. Sie wollten ja morgen in die Stadt und die Utensilien für das Ritual kaufen. Da machte es wirklich Sinn, vorher eine Liste zu machen. Etwas blöd war nur, dass sie noch gar nicht wusste, was sie alles benötigte. Durch Annas Anruf steckte sie jetzt in einer totalen Zwickmühle. Einerseits musste sie dringend noch arbeiten, andererseits war ihr die Liste irgendwie wichtiger. Außerdem musste sie berücksichtigen, dass Josch heute eher käme und sie dann keine Möglichkeit mehr hätte. Also entschied sie, dass die Liste Vorrang hätte.

Sie suchte Omas Ritualbuch heraus, was ihr aber nicht viel brachte. Schutzrituale waren zwar vom Ablauf her ziemlich genau beschrieben, aber nicht, was man an Utensilien braucht. „Ein Buch für Fortgeschrittene! Toll!", dachte sich Cäcilia. Wie sollte sie jetzt so schnell an die nötigen Infos kommen. Sie wollte auf keinen Fall, dass Anna wieder einen Wissensvorsprung hätte. Da fielen ihr ihre neuen Bücher ein, die sie bisher nur kurz durchgeblättert, aber noch nicht näher inspiziert hatten. Sie hatte tatsächlich Glück. Da hatte sich doch wirklich jemand die Mühe gemacht und nicht nur die Rituale beschrieben, sondern auch, was man an Beiwerk sinnvollerweise benötigt. Sie musste feststellen, dass es wirklich so war, wie ihre

Mutter schon gesagt hatte, man benötigte gar nicht so viel, vor allem keine Dinge, die man nicht morgen besorgen könnte.

Als sie die Liste fertig hatte, rief sie Anna an. „Hi, Anna! Das mit der Liste hat mir keine Ruhe gelassen. Ich denke, ich habe alles. Lass uns mal eben vergleichen, denn wenn gleich dein Bruder da ist, komme ich nicht mehr dazu. Ich habe nämlich keine Lust, mit ihm über die Sinnhaftigkeit meines Tuns zu diskutieren", sagte Cäcilia. – „Das kann ich gut verstehen. Hätte ich auch nicht. ‚Mister Brain' kann da sehr unangenehm werden. Ich kenne das zu Genüge. Was hast du denn alles?", fragte Anna.

Sie verglichen ihre Listen und kamen in etwa auf das gleiche Ergebnis. Dem Einkauf am nächsten Tag konnte nichts mehr entgegenstehen. Sie verabredeten sich für die Mittagszeit. Anna wollte Cäcilia abholen, da man von Cäcilias Wohnung aus die Stadt bequem zu Fuß erreichen konnte. Nachdem das erledigt war, ließ Cäcilia die Liste in ihrer Handtasche und die Bücher im Schrank verschwinden. Anschließend begab sie sich eher lustlos an ihre Arbeit.

Josch kam nicht ganz zu früh, wie er gehofft hatte und war deshalb ein wenig gereizt. Vorsichtig fragte Cäcilia ihn: „Möchtest du heute hier essen oder sollen wir zum Italiener?" – Ach, Ceci! Meinst du wirklich, ich hätte heute noch Lust, auswärts zu essen? Ich muss noch genug vorbereiten. Der Flieger geht morgen um halb sieben. Der Trolli packt sich nicht von allein und ich muss noch die ganzen Papiere zusammensuchen, damit ich nichts für die Präsentation vergesse", antwortete er. – „Gut, dann gehe ich noch eben einkaufen. Hast du einen besonderen Wunsch? Musst du morgen selbst zum Flughafen fahren oder wirst du abgeholt?", wollte sie wissen. – „Ich werde abgeholt. Ich habe keinen besonderen Wunsch. Mach einfach irgendetwas", gab er zurück. „Der Abend kann ja heiter werden – bei der Laune!", dachte sich Cäcilia und ging einkaufen.

Als sie zurückkam, hatte Josch schon seine Papiere zusammen und seine Laune hatte sich etwas gebessert. „Böse, dass ich nicht essen gehen wollte?", fragte er versöhnlich. – „Nein! Ich koche für uns und wir machen uns einen gemütlichen Abend zu zweit. Das ist vollkommen okay!", sagte sie.

Als Cäcilia in der Küche das Abendessen vorbereitete, stand sie plötzlich mit den Füßen in einer Pfütze. Zuerst glaubte sie noch, dass sie beim Waschen des Gemüses Wasser verspritzt hätte und putzte das Wasser weg. Kurze Zeit später war die Pfütze wieder da. Sie ging der Sache auf den Grund und stellte beim Öffnen des Unterschranks der Spüle fest, dass das Wasser von da kam. „Ja, super! Das fehlt auch noch!", fluchte sie laut. – „Was fehlt auch noch?", fragte Josch. – „Hier ist irgendetwas undicht", antwortete sie. – „Wo?", wollte Josch wissen, der in die Küche gekommen war. – „Hier unter der Spüle", sagte sie.

Josch räumte den Unterschrank aus und stellte fest: „Das Abflussrohr tropft! Das war doch heute Morgen noch nicht!" – „Nein! Es ist mir gerade zum ersten Mal aufgefallen. Gut, dass man einen Hausmeister hat und der im selben Haus wohnt. Ich rufe ihn gleich mal an. Vielleicht kann er das ja beheben." Cäcilia konnte den Hausmeister sofort erreichen und er kam, um den Schaden zu begutachten. „Da muss ein Fachmann herkommen! So wie ich das sehe, muss da ein neuer Krümmer dran. Ich habe die Teile für die Reparatur nicht da. Stellen Sie am besten erst einmal etwas darunter, einen Eimer oder eine Schüssel. Ich kümmere mich um einen Klempner. Ich sage Ihnen gleich noch Bescheid, wann der kommen kann", teilte ihnen der Hausmeister mit, bevor er ging. „Hoffentlich nicht morgen!", dachte Cäcilia nur. Ihre Sorge war unbegründet. Ihr Hausmeister teilte ihnen mit, dass der Klempner erst am Donnerstagvormittag kommen könnte und dies noch früh sei, da es sich ja nicht um einen Notfall handelte. Er riet noch dazu, den Wasserhahn an der Spüle möglichst wenig zu benutzen. „Sehr sinnig! Auf die Idee wären wir auch noch allein gekommen!", sagte Josch, nachdem Cäcilia ihm das erzählt hatte. Cäcilia stellte also eine Schüssel in den Unterschrank und räumte die Sachen, so gut es ging, wieder ein.

Der Rest des Abends verlief dann aber ohne Zwischenfälle. „Doch ein Tag zum Abgewöhnen!", dachte Cäcilia. „Ich hatte es Mama ja heute Morgen schon prophezeit!"

Pflichtbewusst, wie sie nun einmal war, quälte sich Cäcilia morgens mit ihrem Mann aus dem Bett. Im Halbschlaf machte sie Kaffee und versuchte krampfhaft dem Gespräch, welches Josch mehr einseitig führte, zu folgen. Sie war froh, als es endlich klingelte und er abgeholt wurde.

„Mach keinen Unsinn, wenn ich nicht da bin! Pass auf dich auf! Ich melde mich heute Abend", verabschiedete er sich.

Kaum war er zur Tür raus, schlich sie ins Schlafzimmer, kuschelte sich in das noch warme Bett und versuchte, wieder einzuschlafen. Mehr als ein Dösen wurde aber nicht daraus. Sie war viel zu aufgedreht. Sie hoffte nur, dass dieser und der morgige Tag besser werden würden als der letzte. Katastrophen brauchte sie jetzt wirklich nicht mehr.

Cäcilia stand auf, machte sich fertig, erledigte noch die Dinge, die unaufschiebbar waren, um ihr Gewissen zu beruhigen und wartete dann auf Anna, die mal wieder mehr als pünktlich war. Sie beratschlagten noch kurz, wo sie ihre Einkaufstour beginnen sollten, dann ging es los. Bevor sie die Wohnung verließen, fragte Cäcilia: „Könntest du mir so aus dem Stegreif sagen, wo hier in der Wohnung Norden oder Süden ist?" – „Nein!?", antwortete Anna etwas verständnislos. „Ist das wichtig?" – „Ja! Für das Ritual morgen ist es wichtig. Ich kann schlecht die Mächte der Himmelsrichtungen einladen, wenn ich nicht weiß, wo welche Himmelsrichtung ist", sagte Cäcilia. – „Das stimmt! Hast du einen vagen Anhaltspunkt?" – „Ja, der Balkon ist südwest gerichtet." – „Das ist ein bisschen sehr vage. Hast du keinen Kompass?", wollte Anna wissen. – „Nee! So etwas besitzen wir nicht. Aber den müssten wir doch auch in der Stadt bekommen. Ich schreibe den gleich noch auf meine Liste, bevor wir das vergessen. Das fehlt mir noch, dass es daran scheitern sollte", lachte Cäcilia.

Bei schönem, frostfreiem Wetter machten sich die beiden Frauen auf den Weg. Cäcilia hatte klare Vorstellungen von dem, was sie alles haben wollte. Die Crux war nur, dass Theorie und Praxis manchmal zweierlei Paar Schuhe sind. Da war die Sache mit dem Okkult-Shop. Den gab es nicht mehr, stattdessen war da jetzt ein Billigladen. Damit konnten sie gar nichts anfangen. Das nächste Problem war, ein weißes Tuch zu bekommen. Cäcilia hatte es bildlich vor Augen, wie es auszusehen hatte. Sie wollte nämlich ganz feierlich ein schlichtes, reinweißes Tuch auf dem Esstisch ausbreiten, darauf sollten, während ihrer Zeremonie, die Altarkerze stehen sowie ein Pentagramm und Athame liegen, umgeben von schwarzen Kerzen. Das mit dem weißen Tuch war gar nicht so einfach. Es gab zwar eine Riesenauswahl an Tischtüchern, aber nicht in reinweiß und nicht genau das, was sie sich vorstellte. Sie sah gar nicht ein – extra dafür – eine Damasttischdecke zu kaufen. Anna hatte letztendlich die zündende Idee. „Warum nimmst du nicht einfach weiße Stoffservietten?", schlug sie vor. – „Warum sind wir nicht eher darauf gekommen? Das ist eine Superidee!", antwortete Cäcilia.

Nachdem das geklärt war, ging die Suche nach Kerzen los. Cäcilia hatte vor, die Elemente der Himmelsrichtungen durch farbige Kerzen und Gegenstände, die ihnen zugeordnet werden, zu kennzeichnen. Nachdem sie eine Zeit lang wie aufgescheuchte Hühner – getrieben durch Cäcilias blinden Aktionismus – durch die Läden gerannt waren, hatte Anna erst einmal die Nase voll. „Ceci, lass uns einen Kaffee oder Cappu trinken und einen Plan machen. So werden wir heute nie fertig", sagte sie. – „Ich glaube, du hast recht! Wenn wir so weitermachen, kommen wir nie zu Potte", räumte Cäcilia ein.

Sie setzten sich in ein Eiskaffee und gingen in Ruhe die Liste der Besorgungen durch und hakten ab, was sie schon hatten. „Jetzt erkläre mir doch bitte mal, was du genau vor hast", forderte Anna Cäcilia auf. – „Also, ich will die Himmelsrichtungen genau bestimmen, dafür brauche ich einen Kompass. Wo immer wir den auch bekommen mögen. Außerdem brauche ich eine blaue Kerze für den Westen, eine weiße für den Osten, eine braune für den Norden und eine gelb- oder orangefarbige für den Süden. Dann brauche ich noch Federn für den Osten. Ach, ja! Und Asche oder irgendetwas, das Asche ähnlich sieht für den Süden. Tja, und dann wäre da noch die Frage nach dem Pentagramm. Da sehe ich schwarz nach der Pleite mit dem Okkult-Shop. Das wär's im Wesentlichen", erklärte Cäcilia. – „Gut, dann hätten wir das so weit geklärt. Das mit dem Pentagramm dürfte wirklich schwierig werden. Aber – was sagte schon deine Mutter? – das kann man zur Not auch malen. Du kannst dir ja dann mal eins bestellen, falls du das mit dem Ritual häufiger praktizieren möchtest. Mit dem Kompass überlege ich gerade. Im Prinzip brauchst du den ja nur einmal, da muss es ja nicht so ein teures Teil sein. Oder willst du demnächst segeln?", scherzte Anna. – „Nein! Segeln ist nicht so mein Ding. Aber segeln hin oder her, wo bekommen wir so ein Teil? Ich hätte jetzt so spontan keine Idee", meinte Cäcilia. – „Ich aber!", sagte Anna. „Im Spielzeugladen! So ein Spielzeugkompass kann ja nicht die Welt kosten. So, was hatten wir da noch? Ach, ja! Asche – wieso Asche?", fragte Anna. – „Asche als Symbol für die Macht, die die Sonne und somit der Süden hat", antwortete Cäcilia, die sich riesig freute, dass sie mal mehr wusste als Anna. – „Ach, so! Könnte man da nicht auch schwarzen Kies oder schwarze Dekosteine als Symbol nehmen?" – „Könnte man! Gute Idee! Schreibe ich gleich mal auf." – „Federn für den Osten das ist mir auch klar, die sollen den Wind symbolisieren. Für den Westen nimmst du dann bestimmt Wasser. Welches Symbol nimmst du für den Norden?", wollte Anna wissen. – „Blumenerde – Erde oder Sand habe ich gelesen, werden am häufigsten für den Norden gewählt. Blumenerde habe ich zu Hause. Ach, ja! Ein paar Kerzenhalter brauche ich noch", erwiderte Cäcilia. – „Die dürften wohl das geringste Problem sein. Dann lass uns mal los, dann haben wir eine reelle Chance, heute noch fertig zu werden", meinte Anna.

Nachdem sie das geklärt hatten, verlief der Einkauf recht erfolgreich. Schwierig gestaltete sich die Sache mit der braunen Kerze. Sie fanden Kerzen in allen Farben – nur nicht in braun. Also war Improvisation angesagt. Cäcilia entschied sich nach langem Hin und Her für eine Kerze in Form einer Blume, das war für Cäcilia erdverbunden genug. Eigentlich fehlte nur noch der Kompass, als Cäcilia siedend heiß einfiel, dass sie ja auch noch mindestens einen Schutzstein, nämlich den von ihrer Mutter empfohlenen Peridot brauchte. Als sie Anna darauf aufmerksam machte, sagte diese nur: „Hätte ich das vorher gewusst, hätte ich Wanderschuhe angezogen!" – „Du kannst ja ruhig schon nach Hause gehen, wenn dir das zu viel wird", meinte Cäcilia daraufhin etwas beleidigt. – „Das hättest du wohl gerne! Das war nur ein Scherz! Klar, gehe ich noch mit", war Annas Reaktion darauf. „Nur sag mal! Geht es dir nicht gut? Du bist auf einmal so blass." – „Mir geht es gut. Nur gerade in dem einen Laden ist mir leicht übel geworden. Das war wohl die schlechte Luft", gab Cäcilia zurück. „Was sollen wir jetzt zuerst angehen? Stein oder

Kompass?" – „Ich würde sagen Stein. Da vorne ist doch so ein Schmuckladen, die auch Steine verkaufen. Da können wir ja mal gucken", schlug Anna vor.

Der Schmuckladen stellte sich als Fehlanzeige raus, da es sich um einen seltenen Stein handelte. Die Verkäuferin riet ihnen dann dazu, es im Mineralienladen, ein Stück die Straße rauf, zu versuchen. Der Tipp war nett gemeint, nur mussten die zwei den ganzen Weg wieder zurück, den sie schon gegangen waren. Da es sich Cäcilia aber in den Kopf gesetzt hatte, den Stein zu besorgen, machten sie sich auf den Weg. Im Steinladen angekommen, waren sie erst einmal überwältigt von dem Angebot. Da sie beide keine Ahnung hatten, mussten sie die Dame an der Kasse, die sich als Ladeninhaberin rausstellte, nach dem Peridot fragen. Der Stein war tatsächlich unter Verschluss, da er selten und nicht ganz billig war. Cäcilia fragte dann noch nach anderen geeigneten Steinen zum Schutz. „Wofür sollen die Steine denn sein?", fragte die Inhaberin. – „Meine Schwägerin will ein Schutzritual machen", antwortete Anna ganz unbedarft. Cäcilia spürte nur wie es ihr heiß und kalt den Rücken runterlief und sich ihr Gesicht verfärbte. Es war ihr unglaublich peinlich. Am liebsten hätte sie Anna jetzt gewürgt. Die Inhaberin, die Cäcilia ihre Verlegenheit ansah, meinte nur beruhigend: „Das muss Ihnen doch nicht peinlich sein! Sie glauben gar nicht, wie viele Kunden ich hier habe, die sogar extra Steine für bestimmte Rituale bestellen. Für uns hier ist das ganz alltäglich. Für Sie scheint das aber Neuland zu sein. Beschäftigen Sie sich erst seit kurzem mit Esoterik?", wollte die nette Dame wissen. – „Äh, ja!", antwortete Cäcilia und versuchte, sich zu fangen. „Ich habe sie erst kürzlich für mich entdeckt und bin, um so zu sagen, noch ein Frischling." – „Das ist doch kein Problem! Vielleicht möchten sie erst einmal hier in das Buch schauen, bevor Sie sich entscheiden. Ich stehe Ihnen aber bei Fragen auch gerne zur Verfügung", antwortete die Inhaberin und gab Cäcilia ein Buch über Steine. Während sie mit Anna in dem Buch blätterte, fauchte sie Anna leise an: „Danke! Musste das sein?" – „Sorry! Ich konnte doch nicht ahnen, dass dir das peinlich ist. Was ist denn dabei, dass man es nicht erzählen darf? Steh doch zu dem, was du tust!", gab diese pikiert zurück. – „Schon gut, war nicht so gemeint, aber ich war nicht darauf vorbereitet", lenkte Cäcilia ein.

Nachdem sie eine Weile in dem Buch geblättert hatten, sahen sie ein, dass sie allein nicht weiterkamen. Cäcilia sprach letztendlich doch die Inhaberin an: „Vielleicht könnten sie uns doch weiterhelfen. Einen Peridot nehme ich auf jeden Fall. Meine Mutter hat mir den ans Herz gelegt. Was könnten Sie denn noch empfehlen?" – „Sie brauchen die Steine für ein Schutzritual? Für den Zweck würde ich vielleicht noch einen Bergkristall wählen. Ein Karneol kann auch nicht schaden", antwortete diese.

Cäcilia wählte die entsprechenden Steine aus und sie verließen den Laden. Draußen wollte Anna wissen: „Hättest du gedacht, dass es Leute gibt, die sogar extra Steine bestellen?" – „Nein, ich bin genauso überrascht wie du. Wir sind echt noch blutige Anfänger. Wenn das mal keinen Einfluss hat auf mein Ritual morgen." – „Wenn du dich an die Vorgaben deiner Oma hältst, kann doch gar nichts schief gehen. Jetzt sei mal nicht so pessimistisch!", meinte Anna.

Der Spielzeugladen stellte dann noch mal eine echte Herausforderung dar. Es war kein Geschäft einer großen Kette, sondern ein alter Familienbetrieb, wo es auch ganz viel Krimskrams gab. Cäcilia und Anna bestaunten die ganzen Spielsachen und wurden schmerzlich an die unbeschwerten Zeiten erinnert, die sie noch mit Spielen verbrachten. Sie waren verblüfft über die Auswahl an Puppensachen. Schnell waren sie sich einig, dass die alten Barbies, die sie noch hatten, hübscher waren. Sie hätten noch stundenlang schauen können, aber dann erinnerten sie sich daran, weshalb sie den Laden eigentlich aufgesucht hatte. Sie suchten nach einem Kompass und wurden sogar fündig. Vorsichtig fragten sie nach, ob der auch genau wäre. Als Antwort bekamen sie dann, dass er zum Navigieren nicht unbedingt geeignet wäre, aber ausreichend für die Bestimmung der Himmelsrichtungen. Die Antwort genügte ihnen. Sie kauften den Kompass und verließen den Laden.

„Ich kann's nicht glauben, wir haben es geschafft!", sagte Cäcilia zufrieden und erleichtert, dass die Rennerei jetzt ein Ende hatte. – „Wir haben es nicht nur geschafft. Ich bin auch geschafft!", gab Anna zurück. – „Ich aber auch. Was hältst du davon, wenn wir jetzt noch essen gehen? Ich lade dich ein", schlug Cäcilia vor. – „Da habe ich nichts gegen einzuwenden", sagte Anna.

Die beiden suchten sich ein nettes Lokal. Nach dem Essen verabschiedeten sie sich. Cäcilia kehrte allein zu ihrer Wohnung zurück.

Als die zu Hause war, wurde ihr erst einmal bewusst, wie anstrengend die Einkaufstour eigentlich gewesen ist. Sie stellte ihre Einkaufstüten einfach nur noch in ihr Arbeitszimmer, verstecken musste sie ja heute nichts. Sie überprüfte ihren Anrufbeantworter, aber es waren keine Anrufe in Abwesenheit. „Die E-Mails können warten bis morgen. Heute mache ich gar nichts mehr!", dachte sie. Sie beschloss, ein heißes Bad zur Entspannung zu nehmen und sich dann mit einem ihrer Bücher auf dem Sofa einzukuscheln.

Später am Abend rief Josch noch an, um ihr zu sagen, dass er gut angekommen sei und sie vermisse. Er wollte von ihr wissen, wie sie den Tag verbracht hätte. Sie erzählte ihm von der Einkaufstour mit seiner Schwester.

„Wieviel Paar Schuhe hast du gekauft?", fragte er. – „Gar keins", war ihre Antwort. – „Was hast du denn in der Stadt gemacht, wenn nicht Schuhe gekauft?" – „Wir haben nur mal nach der neuen Frühjahrsmode geguckt. Ich hatte aber noch keine Lust, etwas zu kaufen", sagte sie scheinheilig. Jetzt, wo er es erwähnte, fiel ihr auch ein, dass sie sich ja wenigstens ein Paar Alibischuhe hätte kaufen können. Josch wollte sich am nächsten Abend wieder melden, wusste aber noch nicht genau wann. Nach dem Telefonat ging sie mitsamt dem Buch ins Bett. Die Anstrengung des Tages forderte jetzt ihren Tribut. Ihr fielen beim Lesen die Augen zu.

Cäcilia erwachte am nächsten Morgen relativ spät mit ihrem Buch im Arm. Das Licht brannte auch noch. Sie war erstaunt, dass sie so tief und so lange geschlafen hatte, wo doch heute ihr großer Tag war. Sie hatte den Tag so geplant, dass eigentlich alles auf das Ereignis ausgerichtet sein sollte und sie hoffte inständig, dass nichts dazwischen kommen würde. Tat es auch nicht!

Sie machte am Vormittag nur das, was unbedingt erledigt werden musste, wie E-Mails lesen und beantworten oder die Schüssel unter dem Leck kurz leeren. Es passte ihr gar nicht, dass sie auch noch einkaufen musste, aber es war notwendig. Schließlich musste sie auch essen. Das wollte sie aber erst nach dem Ritual, deshalb entschied sie sich für einen Auflauf, den sie vorher schon gut vorbereiten konnte.

Ab mittags kümmerte sie sich dann nur noch um die Vorbereitung. Sie nahm das Ritualbuch ihrer Oma zur Hand und studierte nochmals genau die Vorgehensweise. Sie suchte den passenden Zauberspruch raus und schrieb ihn auf einen Extrazettel. Das tat sie sogar – entgegen ihrer sonstigen Gewohnheit – ganz feierlich mit einem Tintenfüller. Außerdem fertigte sie sich einen Spickzettel an. Sie packte ihre Tüten aus und sortierte alles schon mal vor. Sie räumte den Esstisch ab, breitete die Stoffserviette darauf aus und stellte die Altarkerze auf. Plötzlich fiel ihr ein, dass sie noch kein Pentagramm hatte. „Wie sieht so ein Pentagramm noch genau aus?", fragte sie sich. Ihr kam eine Idee. Sie ging an ihren Computer, suchte im Internet nach einem Pentagramm und druckte es einfach aus. „Das muss reichen!", dachte sie sich. Das ausgedruckte Pentagramm legte sie auf den Tisch neben die Altarkerze. Jetzt musste sie noch die schwarzen Kerzen aufstellen. Sie durchsuchte ihre Tüten nach den Kerzenhaltern, die sie noch extra besorgt hatte. An den Kerzenhaltern klebten noch die Preisetiketten, die mal wieder nicht so einfach abgingen. Da Cäcilia aber alles perfekt machen wollte, mussten die runter. Es blieb ihr nichts anderes übrig, als sie in der Spüle einzuweichen. „Soviel zum Thema: Sie sollten die Spüle jetzt nicht so oft benutzen!", dachte sie sich. „Egal! Wird schon keine Überschwemmung geben!"
Zwischendurch sah sie immer wieder auf den Spickzettel und die Uhr. Sie stellte fest, dass sie mit ihren Vorbereitungen gut in der Zeit lag. Ihre Aufregung wuchs immer mehr, je später es wurde. Eigentlich wusste sie gar nicht, warum sie so aufgeregt war. War es, weil es ihr erstes Ritual war; weil alles so neu war; weil sie unbekanntes Terrain betrat oder weil sie nicht wusste, was auf sie zukam? Sie hatte keine Ahnung!

Es war bereits Nachmittag, als sie die Vorbereitung abgeschlossen hatte. Sie bereitete das Essen vor und stellte es in den Ofen. Da zum Ritual auch Ruhe und Reinigung gehörten – es sollte ja perfekt sein! – nahm sie zur Entspannung ein Bad. Anschließend legte sie eine ihrer Lieblings-CDs ein, in der Hoffnung ein wenig dösen zu können. Sie merkte aber schnell, dass sie das schlicht vergessen konnte, da sie viel zu überdreht war. Also nahm sie erneut den Spickzettel, aber da war so weit alles abgehakt. „Was nun?", fragte sie sich und beschloss, zur Sicherheit ihre Mutter anzurufen, die aber – wie sollte es in so einem wichtigen Moment auch anders sein? – nicht zu erreichen war. Die Unruhe wuchs in Cäcilia. „Hatte sie jetzt wirklich an alles gedacht? Reicht ein ausgedrucktes Pentagramm zum Schutz aus? Egal, musste es einfach!", waren ihre Gedanken.

Es war dunkel, als Cäcilia den Kompass nahm und die Himmelsrichtungen in der Wohnung bestimmte. Sie meinte, dass der Kompass wohl funktionierte, da die Nadel am Balkon Südwest anzeigte. Mehr als diese grobe Orientierung hatte sie schließlich nicht. „Welcher normale Mensch, weiß schon, wo Norden oder Süden in seiner Wohnung ist?", fragte sie sich, außerdem: „Was mache ich eigentlich hier?"

Sie stellte die Kerzen und Gegenstände an den Punkten auf, die sie ermittelt hatte. Sie holte Omas Ritualdolch aus dem Schrank und begann im Norden den Schutzkreis im Uhrzeigersinn zu ziehen, wobei sie die ganze Wohnung einbezog. „Wirklich kreisrund ist der nicht", dachte sie. „Könnte das einen Einfluss auf das Ritual haben?" Leider war keiner zur Stelle, den sie hätte fragen können und jetzt ihre Mutter anzurufen, das war ihr zu peinlich. Sie zündete die Kerzen und Räucherstäbchen an und setzte sich an den Esstisch. Der nächste Schritt war Konzentration. Das war für Cäcilia leichter gesagt, als getan. Sie schloss die Augen und versuchte, ihre Gedanken ins Leere laufen zu lassen, um sich anschließend auf das zu konzentrieren, was sie mit dem Ritual eigentlich erreichen wollte. Sie wusste nicht, wie lange sie so dagesessen hatte, aber plötzlich hatte sie ein unheimlich angenehmes Gefühl. Wenn man sie gefragt hätte, sie hätte nicht gewusst, wie sie es hätte umschreiben sollen. Etwas in ihr signalisierte ihr, dass jetzt der richtige Zeitpunkt für den Zauberspruch sei. Sie sagte ihn mit fester Stimme auf, verharrte noch kurz, um dann die Kerzen zu löschen. Bei der Auflösung des Kreises ging sie gegen den Uhrzeigersinn vor. Anschließend sammelte sie ihre Ritualutensilien und Kerzen wieder ein und verstaute sie im Schrank, ebenso wie das Buch ihrer Oma. Anschließend setzte sie sich nochmals an den Esstisch und ging in Gedanken das Ritual durch. Jetzt fiel ihr auf, dass sie doch noch etwas vergessen hatte. Eigentlich wollte sie sich zur Nachbereitung auch ein Buch der Schatten besorgen. Es blieb ihr also nichts anderes übrig, als alles einfach nur so auf Papier zu bringen. Sie wollte es dann übertragen, wenn sie ein Buch besorgt hatte, aber im Moment war es ihr sehr wichtig, alles niederzuschreiben, damit sie im Nachhinein nichts vergaß. Cäcilia notierte sich jede Kleinigkeit. Sie fing mit den Vorbereitungen an und notierte sich sogar die Zeiten. Anschließend beschrieb sie den Ablauf des Rituals und was sie dabei gefühlt hatte. Bei ihrer Niederschrift achtete sie peinlich genau auf jede Einzelheit. Sie wusste zwar nicht, warum sie so penibel war, aber es war ihr einfach ein Bedürfnis.

Cäcilia war gerade fertig geworden, da klingelte das Telefon. Es war Josch aus London. „Hi, Schatz! Wie geht es dir? Was machst du gerade Schönes?", wollte er wissen. – „Hi! Mir geht es gut. Wie geht es dir? War es heute sehr stressig? Weißt du schon, wann morgen dein Flieger geht?", fragte Cäcilia direkt zurück. – „Mir geht es auch ganz gut. Ich bin nur total kaputt. Mein Flieger geht morgen ganz früh. Wenn nichts mehr dazwischen kommt, bin ich mittags zu Hause. Ich freue mich schon", sagte er. – „Ich mich auch. Es ist ja jetzt nur noch eine Nacht, dann bist du wieder da", erwiderte sie. – „Ich wünsche dir einen angenehme Nacht! Sollte noch etwas sein, melde ich mich, ansonsten sehen wir uns morgen Mittag", meinte Josch noch, dann legte er auf.

Wenn Cäcilia ganz ehrlich war, dann freute sie sich schon auf die Rückkehr ihres Mannes, auch wenn es für sie bedeutete, dass die Heimlichtuerei wieder los ging. Aber es gab mit Sicherheit deutlich schlimmere Dinge im Leben. Josch hatte eben sein eigenes Weltbild und da passte Magie nicht hinein. Gut, dass er noch nicht mal erahnen konnte, was sie an diesem Abend getan hatte. Entweder hätten ihm völlig die Worte gefehlt oder er wäre hysterisch geworden.

Zum Abschluss des Abends fehlte jetzt nur noch eins. Sie musste Anna informieren, die mit Sicherheit schon sehnsüchtig wartete. Cäcilia wählte ihre Nummer. Sie hatte den Eindruck, dass die Nummer noch gar nicht komplett durchgewählt war, als Anna schon ans Telefon ging.

„Hallo, Anna! Ich hatte ja versprochen, dass ich anrufe", meldete sich Cäcilia. – „Hast du es getan? Wie war's? Erzähl doch einfach!", quengelte Anna am anderen Ende. – „Ja, ich hab es getan! Wie es war, weiß ich noch nicht. Ich wollte dir eigentlich auch nur Bescheid geben, dass ich mich getraut habe. Mehr kann ich dir noch nicht sagen. Ich muss jetzt erst einmal eine Nacht darüber schlafen. Morgen berichte ich dann ganz ausführlich. Ich kann dir heute nur so viel sagen, dass ich das Gefühl hatte, dass meine Oma ganz nah bei mir war. So, das muss für heute reichen. Ich hoffe, du hast jetzt keine schlaflose Nacht deswegen", vertröstete Cäcilia Anna auf den nächsten Tag. – „Du meinst wirklich, dass deine Oma ganz nah bei dir war? Das ist ja abgefahren! Sie hatte ja in ihrem Brief gesagt, dass ihr auch über ihren Tod noch verbunden seid. Das meinte sie wahrscheinlich damit", gab Anna zurück. – „Möglich, dass sie das meinte. Ich kann dir nur sagen, wie ich es vorhin empfunden habe. Wie gesagt, einen ausführlicheren Bericht gibt es morgen", mit diesen Worten beendete sie das Gespräch.

Als Cäcilia schließlich im Bett lag und über das Ritual nachdachte, machte sich doch eine leichte Enttäuschung in ihr breit. Irgendwie hatte sie mehr erwartet. Sicherlich das angenehme Gefühl und die Nähe ihrer Oma, das waren schon intensive Erlebnisse, aber war das alles, was so ein Ritual bewirkte? Sie lag noch lange wach und dachte darüber nach.

9. Der „verflixte" Tag –
oder nicht alles ist so, wie es scheint

Cäcilia wachte früh auf und hatte das Gefühl, völlig gerädert zu sein.
Nicht nur, dass sie erst spät eingeschlafen war, sie wachte auch noch
ständig auf. Jammern nutzte aber nichts, sie musste aufstehen,
schließlich hatte sich der Klempner für heute angesagt und Josch
kam mittags aus London zurück. Sie war gerade fertig geduscht und
angezogen, da ging das Telefon. Es war Josch.
„Morgen, mein Schatz! Ich hoffe, ich habe dich nicht geweckt",
sagte er. – „Nein, hast du nicht. Ich musste doch eh früh raus wegen
des Klempners. Ist etwas passiert, weil du so früh anrufst?", fragte
Cäcilia jetzt hellwach. – „Nein, keine Sorge! Gleich geht mein Flieger und ich wollte dir nur Bescheid sagen, dass ich anschließend
noch in die Firma muss. Ich weiß also nicht genau, wann ich zu
Hause bin", antwortete er. – „Ja, okay. Soll ich den Termin mit dem
Makler verschieben?", wollte sie wissen. – „Nein, das geht in Ordnung. Ich wünsche dir noch einen schönen Tag. Übrigens habe ich
mein kleines Hexchen vermisst", sagte Josch. – „Danke für das
Hexchen!", tat sie beleidigt, konnte sich das Lachen aber doch nicht
verkneifen. „Du hast mir auch gefehlt. Hetz dich bitte nicht so! Bis
nachher ...", sagte sie noch.

Cäcilia ging ins Schlafzimmer, um die Betten zu machen.
Als sie damit fertig war, nahm sie Athame vom Nachttisch und
brachte ihn in ihr Arbeitszimmer. Bevor sie endgültig darin verschwand, bereitete sie in der Küche noch alles für den Handwerker
vor. Nachdem das erledigt war, griff sie zum Telefon und rief ihre
Mutter an.

„Hallo, Kind! Mit dir hatte ich eigentlich erst später gerechnet",
sagte diese überrascht. – „Schön wär's! Gleich kommt doch der
Klempner. Seit Montagabend ist unser Abflussrohr in der Küche
undicht. Josch hat auch schon angerufen. Er muss direkt nach seiner
Ankunft noch in die Firma und heute Abend haben wir noch einen
Termin mit dem Makler. Zu allem Überfluss fühle ich mich heute
auch nicht wohl. Das scheint heute eher so ein Tag zum Abgewöhnen zu werden. Irgendwie hatte ich mir von so einem Ritual mehr

versprochen", meinte Cäcilia enttäuscht. – „Bist du heute nörgelig! Das hängt wohl damit zusammen, dass du dich nicht wohl fühlst. Schon dich heute mal! Was hattest du denn von dem Ritual erwartet?", fragte ihre Mutter. – „Ach, ich weiß auch nicht! Irgendetwas Besonderes? Keine Ahnung! Jedenfalls nicht so einen Mist wie heute!", quengelte Cäcilia. – „Wenn du geglaubt hast, dass Magie funktioniert wie im Film, so mit Blitz, Donner und Tamtam, dann kann ich deine Enttäuschung verstehen. Ceci, Magie ist etwas Sanftes, Leises. Sie wirkt langsam. Das wirst du schon noch sehen!", beruhigte Brigitte sie. – „Naja, warten wir's ab! So, jetzt muss ich mal an die Arbeit, sonst kriege ich heute gar nichts mehr geregelt. Anna will mich nachher auch noch anrufen", verabschiedete sie sich von ihrer Mutter.

Sie schnappte sich die Vorgaben vom Babynahrungshersteller und fing an, danach grobe Entwürfe zu zeichnen. So recht wollte ihr aber nichts gelingen. Annas Anruf kam ihr daher mehr als gelegen.

„Wie war's seit gestern? Ist was passiert? Wie fühlst du dich? Los, erzähl schon!", schoss Anna gleich los. Die Begrüßung ließ sie direkt weg. – „Hey, mal langsam!", versuchte Cäcilia Anna einzubremsen. Cäcilia erzählte ihr dann ausführlich vom Ritual, der unruhigen Nacht und dass sie eigentlich enttäuscht ist, weil sie sich mehr erhofft hatte.

„Du hattest doch gestern noch gesagt, dass du dich während des Rituals unglaublich gut gefühlt hast. Was hast du denn noch erwartet? Das ist doch schon etwas und ansonsten muss es ja erst einmal wirken", sagte Anna verständnislos. – „Mama meinte auch, ich sollte es abwarten. Vielleicht bin ich heute auch nur so nörgelig, weil es mir nicht so gut geht und mir der Maklertermin heute Abend auch stinkt. Wie soll ich meinem Göttergatten nur schonend beibringen, dass ich das Haus eigentlich nicht verkaufen will?", fragte sie Anna. – „Wenn du Glück hast, kommt dem Makler vielleicht etwas dazwischen. Man weiß ja nie! Das mit dem Haus solltest du Josch einfach sagen, schließlich ist es dein Haus. Ich kann dich da voll verstehen. Wieso geht es dir heute nicht gut. Hast du dich erkältet?", wollte Anna wissen. – „Nein, mir ist irgendwie so komisch und übel. Keine Ahnung, ob ich etwas ausbrüte", meinte Cäcilia. – „Möglich, dass du dir vorgestern beim Einkauf etwas weggeholt hast. Draußen war es so kalt und in den Geschäften war so schlechte Luft. Da kann das schon mal passieren. Es kann natürlich auch eine Trauerreaktion sein. Du hast ja selbst schon gesagt, dass du den Tod deiner Oma noch nicht verkraftet hast, zumal du dich gerade jetzt auch so intensiv mit ihrem Leben auseinandersetzt. Davon hat man ja schon öfter gehört, dass der Körper dann plötzlich reagiert. Lass es heute einfach mal langsam angehen. Wenn mein Bruder da wäre, würde ich sagen, lass dich verwöhnen. Nee, aber im Ernst! Ruh dich einfach mal aus! Die Arbeit läuft dir nicht weg", riet Anna. – „Du hast gut reden! Ich muss mal langsam mit der Babynahrung aus den Puschen kommen", erwiderte Cäcilia. – „Kannst du ja auch machen, aber langsam. Übrigens habe ich ein paar interessante Seiten im Internet gefunden, die musst du dir unbedingt ansehen. Die Web-Adressen habe ich dir schon gemailt", sagte Anna abschließend. Cäcilia legte auf und machte sie sich wieder an die Arbeit, aber vorher druckte sie noch Annas E-Mail aus.

Es war schon viertel vor sieben abends als Josch nach Hause kam. Cäcilia saß in ihrem Arbeitszimmer und arbeitete immer noch an dem Design für die Babynahrungswerbung. So recht wollte ihr die Arbeit an diesem Tag nicht von der Hand gehen. Kreativität schien heute ein Fremdwort für sie zu sein, dabei war sie schon unter Zeitdruck. Die letzten Tage hatten sie richtig Zeit gekostet. Weitere Verzögerungen fehlten ihr jetzt gerade noch.

„Guten Abend, Ceci", begrüßte er sie. „Wo warst du heute? Du wolltest doch hier bleiben, weil der Klempner kommen wollte." – „Schatz, ich war den ganzen Tag hier und habe gearbeitet. Wie kommst du darauf, dass ich weg war?", fragte sie etwas verdutzt. „Guten Abend, erst einmal! Wie war London", fragte sie und gab Josch einen Kuss. Josch erwiderte ihren Kuss und nahm sie in den Arm. „Heftig, aber der Kunde ist interessiert. Erzähle ich nachher ausführlich. Wie ich darauf komme, dass du weg warst? Im Briefkasten war so eine Benachrichtigung von der Post. Irgendetwas per Einschreiben, was wir jetzt abholen müssen. Hast du auf etwas gewartet?" Er gab Cäcilia die Benachrichtigung. – „Ich warte nur auf eine Antwort von der Kosmetikfirma wegen meines Entwurfs. Ob es das wohl sein könnte? Trotzdem verstehe ich das nicht!", sagte

Cäcilia. „Ich war den ganzen Tag hier und habe an meinem Entwurf für die Babynahrung gesessen. Die Klingel hätte ich doch gehört. Hier hat aber niemand geklingelt."

Nachdem Josch den Klempner erwähnt hatte, fiel ihr wieder ein, dass der sich tatsächlich für heute angesagt hatte. Er wollte zwischen acht und zehn Uhr vorbeikommen. Cäcilia ließ den Tag Revue passieren. Sie war morgens extra früh aufgestanden, hatte sich fertig gemacht, die Wohnung aufgeräumt sowie mit ihrer Mutter und Anna telefoniert. Außerdem hatte sie in der Küche den Unterschrank der Spüle ausgeräumt, damit der Klempner gleich an das tropfenden Abflussrohr konnte. Sie hatte das Radio eingeschaltet, einen Kaffee gekocht und ist dann in ihr Arbeitszimmer gegangen, um zu arbeiten. Hatte sie doch mal kurz die Wohnung verlassen? Nein, denn hätte sie die Wohnung verlassen, wäre sie auch automatisch am Briefkasten gewesen. Cäcilia war sich jetzt absolut sicher, dass sie nicht – auch nicht nur kurz – weg war. Es war einfach Fakt, dass es nicht geklingelt hatte, denn das Radio hatte gerade mal Zimmerlautstärke, weil sie sich auf ihre Arbeit konzentrieren musste. Hatte sie das Klingeln vielleicht nicht gehört, weil sie so in Gedanken war? Ihr war ja noch nicht einmal aufgefallen, dass die Sachen aus dem Unterschrank noch in der Küche standen, obwohl sie mehrfach in der Küche war, um sich Kaffee zu holen. Gut, es war mal wieder nicht nur die Arbeit, die sie beschäftigte. Sie hatte sich auch noch die Webseiten angesehen, die Anna gefunden hatte und diese eingehend studiert. Da fiel ihr siedend heiß ein: Hatte sie die ganzen Ausdrucke weggeräumt und die entsprechenden Webseiten geschlossen? Josch bekäme wieder einen Anfall, wenn er das sehen würde.

„Schatz, ich fahre mal eben meinen Computer runter, dann mache ich uns etwas zu essen", rief sie Josch zu, der im Bad verschwunden war, um sich frisch zu machen. Das tat er zwar jeden Abend, wenn er nach Hause kam, aber heute war ihm nach einer richtig ausgiebigen, heißen Dusche nach dem anstrengenden Tag. – „Ja, mach das. Ich habe auch Hunger. Was gibt es denn? Du denkst ja dran, dass gleich noch der Makler kommt?", fragte er. – „Ach, ja! Der Makler! Welcher Makler???", fragte sie sich ernsthaft. „Wann kommt der denn, Schatz?", wollte sie scheinheilig wissen. – „Gegen acht kommt doch der Herr Ackermann und will mit uns über das Haus deiner Oma reden", antwortete er. „Hast du den Termin etwa vergessen?" – „Nein, nein!", rief sie ihm zu. „Den habe ich nicht vergessen." Und ob sie den vergessen hatte! Heute Morgen hatte sie sich noch darüber geärgert, aber im Laufe des Tages hatte sie den wohl völlig verdrängt. „Schnell ablenken!", dachte sie sich. „Ich habe noch so viel Essen von gestern über, das wollte ich warm machen. Ich habe mich beim Auflauf mal wieder mit der Menge verschätzt. Ist das okay?" Es war okay. Situation gerettet! Sie musste ihm ja nicht auf die Nase binden, dass sie gestern vor lauter Aufregung keinen Bissen herunter bekommen hatte. Jetzt aber ab ins Arbeitszimmer!

Cäcilia ging schnell in ihr Arbeitszimmer und untersuchte ihren Schreibtisch nach verräterischen Zeichen ihrer Recherche. Da lag doch tatsächlich noch der ganze Stapel mit den ausgedruckten Artikeln mitten auf dem Tisch und einer war noch auf dem Bildschirm. Glück gehabt, dass Josch nicht direkt in ihren Raum gekommen ist! Sie hätte ansonsten wieder einen ziemlichen Erklärungsnotstand gehabt. Eigentlich hätte sie sich gerne mit Josch über einige der Dinge unterhalten, vor allem auch über das Ritual, aber er konnte ja mit der ganzen Materie nichts anfangen. Ganz im Gegenteil, er machte sich sogar über ihren angeblichen „Spleen" lustig und reagierte richtig ärgerlich. Und nach dem bisherigen Krach mit ihrem Angetrauten wollte sie keinen weiteren Ärger provozieren, wo er nicht notwendig war und so ließ sie – schweren Herzens – die Unterlagen in ihrem Schrank verschwinden. So, noch abschließen, da bei den anderen Sachen waren sie gut aufgehoben und Josch würde sie nicht finden. Sie schloss noch die geöffneten Fenster am PC und fuhr ihn runter. Als sie raus ging, warf sie noch einen letzten, prüfenden Blick über die Schulter. Perfekt! Da lagen nur noch ihre Entwürfe und Unterlagen für die Babynahrung. Anschließend machte sie sich auf den Weg in die Küche und bereitete das Essen vor.

Als Josch aus dem Bad kam, war sie fast fertig. Sie aßen und machten es sich dann im Wohnzimmer gemütlich. Josch hatte die ganzen Unterlagen über das Erbe und die Fotos vom Haus rausgesucht. Der Makler konnte also kommen. Irgendwie ging Cäcilia die

Sache mit der Post und dem Klempner nicht aus dem Kopf. So allmählich beschlich sie ein ungutes Gefühl. Sollte sie gestern bei dem Ritual einen Fehler gemacht haben, der jetzt dazu führt, dass nicht nur alles Schlechte ihrem Heim fernblieb, sondern einfach alles? Krampfhaft überlegte sie, ob sie das Ritual auch richtig abgeschlossen hatte, denn das war schließlich sehr wichtig. Wie war das noch? Hatte sie die Mächte der einzelnen Himmelsrichtungen gemeinsam oder einzeln verabschiedet, bevor sie den Kreis auflöste. Wenn sie sich doch nur erinnern könnte ... Plötzlich war sie so unsicher. Sie hätte ja gerne noch mal alles nachgelesen, was sie sich zu dem Ritual aufgeschrieben hatte, aber wie sollte sie das Josch erklären.

„Ceci?! Hast du eigentlich irgendetwas mitbekommen, von dem, was ich gerade erzählt habe?", fuhr Josch sie etwas schroff an. – „Äh, was hast Du gerade gesagt?", fragte sie vorsichtig. – „Ich habe gerade laut überlegt, wo wohl der Makler bleibt, da wir schon nach acht Uhr haben", sagte er. – „Ich habe keine Ahnung! Er hat auch nicht angerufen, dass er später kommen würde", antwortete sie. „Vielleicht ist er einfach aufgehalten worden. Das kann ja mal vorkommen." – „Ja, aber dann kann man sich wenigstens mal melden", brummelte Josch. – „Erzähl doch mal! Wie war dein Tag?", versuchte Cäcilia abzulenken. – „Ach, eigentlich nichts Besonderes. Dadurch, dass ich die Tage in London war, ist viel liegengeblieben und das muss jetzt aufgearbeitet werden. Außerdem müssen wir noch die Wünsche des Londoner Kunden berücksichtigen, dabei haben meine Kollegen immer noch nicht alle Fehler des neuen Programms beseitigen können. Morgen wollen wir es gemeinsam überarbeiten. Es kann also wieder spät werden", erzählte er ihr. Josch sah auf seine Uhr. „Jetzt ist schon halb neun durch und der Typ ist immer noch nicht aufgetaucht. Ich gebe ihm jetzt noch eine halbe Stunde, dann rufe ich ihn an und frage mal, was das soll", ereiferte sich Josch.

„Oh, oh!", dachte sich Cäcilia. Irgendwie war das schon merkwürdig. Erst die Post, dann der Klempner und jetzt kommt auch der Makler nicht?! Ist vielleicht doch etwas schief gelaufen? Ihr ungutes Gefühl verstärkte sich immer mehr. Bloß nichts anmerken lassen! „Mach das!", sagte sie schnell zu Josch. "Den Klempner rufe ich gleich morgen früh an und frage mal nach. Ich habe morgen eigentlich keine auswärtigen Termine. Zur Post kann ich auch übermorgen, da ist Samstag und ich wollte eh einkaufen." Josch guckte sie ganz merkwürdig an. Sollte er etwa gemerkt haben, dass sie immer nervöser wurde, je länger sie über ihr gestriges Ritual nachdachte? „Hast du irgendetwas?", fragte er sie unvermittelt. „Du zupfst schon die ganze Zeit an deiner Hose rum, aber da ist keine einzige Fluse." – „Ich? Was sollte ich denn haben? Ich frage mich auch nur, wo der Mensch bleibt. Das ist alles", beschwichtigte sie ihn. – „Ach so, dann ist ja gut. Ich dachte schon, Du hättest wieder so komische ‚mysteriöse‘ Gedanken", sagte er. – „Wie kommst du denn darauf?", gab sie etwas zu schnippisch zurück. – „Warum bist du auf einmal so gereizt?", fragte Josch. – „Ich bin nicht gereizt. Die Warterei nervt nur!", lenkte sie ab. – „Du hast ja recht. Sorry! Ich rufe den Typen jetzt an. Wo ist das Telefon?" – „Ich glaube, es liegt noch in meinem Arbeitszimmer", antwortete sie.

Josch ging in ihr Arbeitszimmer. Cäcilia saß im Wohnzimmer und dachte an nichts Böses, als Josch zurückkam mit Athame in der Hand und einem Gesichtsausdruck, der Bände sprach. „Was macht der komische Dolch von Oma Anni auf deinem Schreibtisch? Beschäftigt dich etwa immer noch dieses komische Hexenzeugs? Bei deiner Oma konnte ich den Spleen ja noch nachvollziehen. Sie war eine alte Frau und alte Menschen sind manchmal etwas verschroben. Vor allem, wenn sie ganz allein in so einem Kaff am Rande der Zivilisation wohnen und dann noch den Brocken mit seinen Hexenmärchen in der Nähe haben. Da kann man schon mal etwas abdrehen und den Bezug zur Realität verlieren. Aber du doch nicht! Du warst doch immer diejenige, die mit beiden Beinen fest auf dem Boden der Tatsachen stand. Irgendwie scheint sich das seit dem Tod von Oma Anni geändert zu haben. Und jetzt sage mir nicht, das hätte noch etwas mit der Trauer zu tun!", schnaubte Josch. – „Das hat gar nicht mit Trauer zu tun!", fauchte sie zurück und dachte dabei: „Ups! Wie konnte ich Athame vergessen?!" Sie hatte den Dolch seit dem Ritual gestern nicht mehr weggeräumt. Sie hatte ihn während des Rituals in ihrer Nähe, nachts und als sie arbeitete. Er hatte irgendetwas Beruhigendes und sie hatte ihn gerne in ihrer Nähe. Sie konnte sich auch nicht erklären warum. Eigentlich war sie auch nicht wirklich sauer auf ihren Mann, sondern ärgerte sich über ihre eigene Schusseligkeit. Wäre sie etwas vorsichtiger gewesen, hätte sie sich diese Auseinandersetzung jetzt erspart, zumal gerade erst der Ärger um ihr Interesse an der Geschichte des Hexentums und der Magie verraucht war, da musste diese Malheur passieren. Egal, jetzt war es zu spät! „Angriff ist die beste Verteidigung!", dachte sich Cäcilia, nachdem das Kind schon mal in den Brunnen gefallen war. „Was wühlst du eigentlich in meinen Sachen rum?", fuhr sie Josch an. – „Ich habe nicht in deinen Sachen rumgewühlt, meine Liebe! Als ich nach dem Telefon griff, da sind ein paar von deinen Seiten weggerutscht und darunter lag das Ding. Nur zu deiner Beruhigung, ich habe es nicht nötig, deine Sachen zu durchwühlen!" Josch hörte sich jetzt ziemlich beleidigt an. – „Schon gut!", versuchte sie ihn zu beschwichtigen, um die Situation nicht eskalieren zu lassen. „Er lag auf dem Schreibtisch, weil ich im Internet noch etwas mehr darüber erfahren wollte. Mehr auch nicht!" – „Also beschäftigt dich dieser Hexenkram immer noch! Ich dachte eigentlich, das Thema wäre durch. Jetzt wundert es mich auch nicht, dass du kein Klingeln gehört hast", sagte Josch kopfschüttelnd. Mißbilligung lag in seiner Stimme. Offensichtlich hatte er ihr die Nachtschichten und die Telefonate mit Anna, die sie während ihrer Nachforschungen gemacht hatte, noch immer nicht ganz verziehen. „Auch wenn ich im Internet recherchiert habe, das Klingeln hätte ich gehört! Außerdem war ich nur ganz kurz damit beschäftigt. Ich hatte mit meiner Arbeit heute genug zu tun", verteidigte sie sich. – „Naja, es ist jetzt auch egal. Lass uns deswegen nicht streiten! Ich rufe mal den Herrn Ackermann an und frage, wo er abgeblieben ist. Soll ich den ‚Dolch' mitnehmen oder möchtest du das ‚wertvolle' Teil selbst wegräumen?", fragte er spöttisch. – „Ha, ha! Ich räume ihn schon selbst weg!", antwortete sie. Sie ging ins Arbeitszimmer, nahm das Telefon und brachte es Josch. Anschließend ging sie zurück, um Athame zu den anderen Sachen zu legen. Als sie ins Wohnzimmer zurückkam, beendete Josch gerade das Telefonat. Er sah sie an und sagte.: „Das glaubst du jetzt nicht! Der Herr Ackermann behauptet doch tatsächlich, er wäre hier gewesen, aber wir hätten nicht aufgemacht. Da er etwas zu spät war, dachte er, wir hätten noch etwas anderes vorgehabt. Er wollte sich gleich morgen

Vormittag bei uns melden, um einen neuen Termin zu vereinbaren. Ist das zu fassen? Klappt heute denn gar nichts?" – Cäcilia, der es immer noch unangenehm war, dass sie erwischt wurde, sagte nur ganz lapidar: „So Tage gibt es halt, Schatz." Überzeugt war sie allerdings nicht von ihren Worten.

Was war, wenn sie bei dem Ritual nun wirklich etwas falsch gemacht hatte. Hat sie etwas Falsches gesagt, getan oder sogar etwas Wesentliches vergessen? Inzwischen war sie fest davon überzeugt, dass die ganzen Ereignisse des heutigen Tages in direktem Zusammenhang mit ihrem Bannspruch standen. Dabei sollte der doch nur bewirken, dass alles Übel ferngehalten wird, aber doch nicht einfach alles. Andere Mächte mussten hier im Spiel sein, dessen wurde sie sich immer sicherer. Sie war nur froh, dass Josch von all dem nichts wußte. Er wäre dann richtig wütend geworden! Das er kein Verständnis hatte, das hatte seine Reaktion eben ja nur bestätigt. Retten konnte sie jetzt aber auch nichts mehr, denn dann wäre sie aufgefallen. Die Ungewissheit war schier unerträglich, aber sie musste sie jetzt ertragen und warten bis Josch am nächsten Morgen zur Arbeit ging. Das konnte ja eine heitere Nacht werden ...

„Ceci, du bist die also ganz sicher, dass du die Klingel gehört hättest, es aber wirklich nicht geklingelt hat?", fragte Josch. Dieser spöttische Unterton in seiner Stimme passte Cäcilia gar nicht, aber sie schluckte die Bemerkung, die sie auf der Zunge hatte lieber runter. – „Da bin ich mir ganz sicher! Heute Abend hat es doch auch nicht geklingelt. Oder hast du es etwa klingeln hören?", fragte sie ganz freundlich zurück. Tatsächlich dachte sie: „Als wenn ich taub wäre! In London wäre er mir zur Zeit lieber!" – „Nein!", sagte er. „Ich glaube, wir sollten die Klingel mal überprüfen, statt zu debattieren, ob es geklingelt hat oder nicht." – „Gute Idee, hätte glatt von mir sein können! Erst oben, dann unten oder umgekehrt?", fragte sie nach, ohne wirklich daran zu glauben, dass es die Klingel sein könnte, denn sie wußte ja schließlich mehr – glaubte sie zumindest. – „Ceci, wenn eine Klingel nicht fuktioniert, dann ja wohl die unten, oder?" erwiderte er etwas verständnislos. – „Ups!", dachte Cäcilia. „Wie blöd von mir! Es kann ja nur die unten sein, wenn überhaupt ...""

Josch ging also nach unten und kurz darauf rief er hoch: „Hat es geschellt?" – „N-nein", antwortete Cäcilia. Sie war jetzt völlig fassungslos. Sollte die Erklärung für alle Vorkommnisse des heutigen Tages so derart einfach sein? Eine defekte Klingel? Es fiel ihr schwer, das zu glauben, obwohl sie auch irgendwie erleichtert war.

„Was ist denn mit dir? Hast du einen Geist gesehen?", fragte Josch als er oben ankam. – „Ich? Nein! Wieso?", stammelte sie. – „Ich dachte nur. Du guckst so entgeistert."

Als sie wieder in die Wohnung gingen, sagte er: „Bevor du morgen den Klempner anrufst, sage erst dem Hausmeister Bescheid, sonst steht der Klempner wieder vor verschlossener Tür." – Cäcilia, die sich langsam wieder gefangen hatte, erwiderte: „Werde ich machen. Ich hoffe, der Klempner ist nicht sauer. Aber das mit der Klingel konnte ja keiner ahnen. Das nennt man wohl höhere Gewalt." – „Naja, was soll's!", sagte Josch. „Da der Abend jetzt eh gelaufen ist, würde ich sagen, wir machen es uns noch ein wenig vor der Flimmerkiste gemütlich. Oder hast du noch etwas anderes vor? Ich jedenfalls nicht. Irgendwie bin ich sogar froh, dass der Maklertermin ausgefallen ist. Der Tag heute war schon stressig genug und morgen wird es auch nicht besser. Ich bin nur froh, dass morgen Freitag ist." – „Das mit dem Makler ärgert mich jetzt auch nicht wirklich", sagte sie und meinte das richtig ehrlich. „Heute lohnt es sich nicht mehr, etwas anzufangen. Ich mache auch morgen weiter. Hoffentlich hat der Hausmeister gleich morgen früh Zeit. Wenn die Klingel repariert ist, rufe ich den Klempner an, obwohl ich nicht glaube, dass der morgen noch kommt. Wenn ich es irgendwie schaffe, düse ich auch noch zur Post. Hattest du jetzt eigentlich einen neuen Termin mit dem Ackermann ausgemacht?" – „Nein. Der konnte während der Fahrt nicht in seinen Terminplaner gucken. Er will sich morgen melden", antwortete Josch. – „Ach, so! Bei dir im Büro?" – „Nein, hier. Ich weiß nicht, wann ich morgen mal in meinem Büro zu erreichen bin", erwiderte Josch.

Das war gut für sie, dann konnte sie den Termin so legen konnte, wie es ihr passte.

„Mach du doch schon mal den Fernseher an. Ich räume eben noch den Unterschrank ein und stelle die Schüssel wieder unter das Leck", schlug sie vor.

Josch erzählte noch von seinem Londonaufenthalt, davon dass der Kunde sehr interessiert sei am Programm und noch einige individuelle Wünsche hätte. „Was uns jetzt noch fehlt, ist der entscheidende Durchbruch. Das Programm läuft einfach noch nicht fehlerfrei und so können wir es nicht verkaufen", seufzte Josch. – „Ich weiß nicht, warum, aber ich bin fest davon überzeugt, dass der bald kommt", tröstete sie ihn.

Da das Fernsehprogramm auch nicht viel hergab, gingen sie relativ früh schlafen. Bei dem Programm konnte auch der Fernseher im Schlafzimmer seine „Schlaftablettenfunktion" übernehmen. Als sie im Bett lag, konnte sie immer noch nicht ganz glauben, dass die Erklärung so simpel sein sollte. Aber wie hätte sie auch ahnen können, dass der nächste Tag noch einige Überraschungen für sie bereit hielt.

10. Der Tag der Überraschungen

Wieder einmal hatte Cäcilia keine wirklich entspannte Nacht hinter sich gebracht. Völlig matt stand sie morgens mit ihrem Mann auf. Nachdem Josch gegangen war, ging sie in ihr Arbeitszimmer. Eigentlich hatte sie vor, sich einen Tagesplan zu erstellen, aber die Vorkommnisse des letzten Tages ließen sie nicht los und so nahm sie ihre Aufzeichnungen aus dem Schrank und las sie noch einmal in Ruhe durch. Wenn sie tatsächlich alles so gemacht hatte, wie es in den Aufzeichnungen stand, dann hatte sie – ihrer Meinung nach – keinen Fehler gemacht. Dennoch kam ihr alles immer noch sehr, sehr merkwürdig vor ...

Nachdem sie die Notizen wieder sorgfältig versteckt hatte, wollte sie gerade aufschreiben, was sie alles zu erledigen hatte, da klingelte das Telefon.

„Frau Hess?", meldete sich eine Frauenstimme. – „Ja!?", antwortet Cäcilia etwas verdutzt. – „Gut, dass ich sie erreiche! Haben Sie gestern unsere Post erhalten? Es war ein Einschreiben." – „Nein! Gestern ist bei uns einiges drunter und drüber gegangen, da unsere Klingel defekt ist, deshalb hatte ich nur eine Benachrichtigung von der Post im Briefkasten. Worum geht es denn?", fragte sie. – „Entschuldigen Sie bitte, dass ich sie so überfallen habe", die Stimme am anderen Ende nannte ihren Namen. „Bei uns ist vorgestern einiges verkehrt gelaufen. Wir haben Ihnen versehentlich ihren Entwurf mit einer Absage zugeschickt. Dabei waren wir von ihren Ideen begeistert und möchten Ihnen den Auftrag gerne erteilen, falls Sie jetzt noch für uns arbeiten wollen. Es tut uns wirklich furchtbar leid. Wir können uns nur in aller Form bei Ihnen entschuldigen."
Cäcilia, die schon während des ganzen Gesprächs schmunzeln musste, stellte lapidar fest: „Komisch, bei uns war gestern auch der Wurm drin. Ich habe Ihr Schreiben nämlich nicht erhalten, weil unsere Klingel defekt ist und der Postbote mich deshalb nicht erreicht hat. Ich wollte das Einschreiben gleich von der Post abholen. Naja, dann ist das ja jetzt nicht mehr so wichtig. Wenn Ihnen mein Entwurf so gut gefallen hat, würde ich gerne den Auftrag übernehmen. Das freut mich ja, dass wir doch zusammen kommen." – „Das ist ja wirklich eine Anhäufung von Zufällen! Schön, dass Sie es mit

Humor nehmen. Könnten Sie am Dienstag nächster Woche in unser Büro kommen?"

Von wegen „Anhäufung von Zufällen"! Sie war sich ganz sicher, dass da andere Mächte gewirkt hatten. Im weiteren Gespräch machte sie dann noch schnell eine Uhrzeit mit der netten Dame am anderen Ende aus, denn eine Dame, die solche Nachrichten überbringt, konnte ja nur nett sein und versuchte sich wieder auf ihre eigentlichen Erledigungen zu konzentrieren.

Der Anruf brachte Cäcilia zwar ein wenig aus dem Konzept, aber dann begab sie sich doch an ihre Liste. Während sie ihre Erledigungsliste verfasste, kämpfte sie gegen eine leichte Übelkeit. Sie maß ihr aber weiter keine Bedeutung bei. Als erstes auf ihrer Liste stand der Hausmeister. Den rief sie zuerst wegen der defekten Klingel an. Sie hätte sich auch die Mühe machen und die zwei Stockwerke nach unten gehen können, aber dafür war sie einfach zu bequem. Außerdem wusste sie ja nicht, ob er sich gerade in seiner Wohnung aufhielt oder sich irgendwo im Haus rumtrieb. Er war tatsächlich unterwegs, wie sie von seiner Frau erfuhr und sie erreichte ihn schließlich unter seiner Handynummer.

„Ihre Klingel ist defekt? Ich bin gerade noch auf einer anderen ‚Baustelle'. Sobald ich hier fertig bin, kümmere ich mich um Ihr Problem, Frau Hess. Ich melde mich gleich bei Ihnen", versprach er. – „Wegen der defekten Klingel war der Klempner gestern auch nicht bei uns. Könnten Sie ihn freundlicherweise noch mal anrufen und einen neuen Termin vereinbaren oder mir die Nummer geben?", fragte Cäcilia. – „Auch darum kümmere ich mich. Ich glaube aber nicht, dass der heute noch kommt. Wir haben schließlich Freitag", meinte der Hausmeister. – „Das hatten wir schon befürchtet. Bis auf Dienstag bin ich in der nächsten Woche eigentlich immer hier. Ein paar Tage können wir das mit dem Provisorium schon überbrücken", sagte Cäcilia.

Nachdem das geklärt war, überlegte sie, was sie mit dem Makler machen sollte. Sollte sie auf seinen Anruf warten und zum Schein einen neuen Termin ausmachen? Für sie stand eigentlich fest, dass sie das Haus nicht verkaufen wollte. Allerdings hatte sie keine Ahnung, wie sie das Josch beibringen sollte. Oder sollte sie anrufen und den Termin ganz absagen? Das Problem war nur, dass sie dann nicht erfahren würde, was das Haus mit dem Anwesen wert ist. Aber eigentlich war das auch egal, da sie ja eh nicht verkaufen wollte. Ihre Gedanken drehten sich noch im Kreis, da rief ihre Mutter an.

„Hallo, Ceci! Wie geht es dir? Wie war gestern euer Termin mit dem Makler?", wollte ihre Mutter wissen. – „Hallo, Mama! Mir geht es soweit ganz gut. Mir ist nur irgendwie etwas übel", antwortete Cäcilia. – „Das mit der Übelkeit häuft sich jetzt aber bei dir. Naja, vielleicht ist dir die Sache mit Oma auf den Magen geschlagen. Ich habe im Moment auch leichte Probleme. Du solltest das aber auf jeden Fall beobachten und zum Arzt gehen, wenn es nicht besser wird." – „Werde ich machen!", versprach Cäcilia. – „Was hat das mit dem Makler denn jetzt ergeben?", fragte Brigitte nochmals. – „Mama, das glaubst du alles nicht! Der Tag gestern war irgendwie seltsam", antwortete Cäcilia und berichtete ihrer Mutter vom gestrigen Tag. Abschließend sagte sie: „Der Hausmeister repariert heute die Klingel. Der Klempner kommt in den nächsten Tagen und was ich mit dem Makler mache, weiß ich einfach noch nicht." – „Du Ceci, ich hatte nicht umsonst nach dem Makler gefragt. Dein Vater und ich haben dir nämlich einen Vorschlag zu machen. Wenn du das Haus verkaufen möchtest, dann nehmen wir es. Wir hatten neulich auch noch mal mit Gerd darüber gesprochen und wir möchten nicht, dass unser Elternhaus in fremde Hände geht. Wenn du es aber behalten möchtest, dann würden wir es gerne von dir mieten", teilte ihr ihre Mutter mit. – „Mama, das wäre die perfekte Lösung! Selbst Josch könnte da nichts mehr sagen! Wie seid ihr denn jetzt darauf gekommen?", wollte Cäcilia wissen. – „Du weißt doch, dass dein Vater langsam beruflich kürzer treten will. Da hatten wir ja schon mal drüber gesprochen. Er möchte langsam anfangen, längere Wochenenden zu machen und in spätestens fünf Jahren will er sein Büro komplett an seinen Kompagnon abtreten. Wir hatten gedacht, dass wir die Wochenenden schon im Harz verbringen könnten und später dann ganz dahin ziehen. Hier würden wir keine Ruhe bekommen, weil wir zu nah am Geschehen wären. Mein Bruder würde sich auch freuen. Jetzt, wo Mutter tot ist, ist er ja ganz allein", erzählte Brigitte von ihren Plänen. – „Das stimmt! Onkel Gerd ist jetzt ganz allein. Naja, er hat Freunde und Bekannte, aber keine Familie. Warum hat er nach dem Tod von Tante Hedwig eigentlich nie wieder eine feste Beziehung gehabt? Übrigens, gab es nach dem Tod von Tante Hedwig auch irgendwelche Ereignisse in der Familie?", fragte Cäcilia neugierig. – „Nein", antwortete Brigitte, "soweit ich mich erinnere, ist nach Hedwigs Tod nichts geschehen – außer, dass Gerd völlig am Boden zerstört war. Hedwig war seine ganz große Liebe. Das dürfte deine Frage wohl beantworten." – „Das beantwortet meine Frage! Merkwürdig ist nur, dass danach nichts geschehen ist. Liegt das daran, dass Hedwig keine Blutsverwandte war?", war Cäcilias Vermutung. – „Ceci, du lernst wirklich schnell! Bist du eigentlich immer noch enttäuscht wegen des Rituals oder hast du dich wieder gefangen?", fragte ihre Mutter. – „Ich weiß nicht! Es war schon irgendwie ein irres Gefühl, aber es fehlte etwas", meinte Cäcilia. – „Was fehlte denn?" – „Mir fehlte ein Zeichen oder eine Bestätigung, dass es erfolgreich war!" – Am anderen Ende der Leitung brach ihre Mutter in Gelächter aus. Es dauerte eine ganze Weile, bis sie sich beruhigt hatte und wieder reden konnte. „Ceci, Ceci!", sagte sie nur. „Sollte ein Licht aufleuchten oder hättest du lieber eine schriftliche Bestätigung per Fax oder E-Mail gehabt?" – „Mach dich ruhig lustig!", bemerkte Cäcilia pikiert. „Aber so etwas in der Art wäre doch nicht schlecht!" – „Kind, du bist zwar auf einem guten Weg, aber du musst noch viel lernen. Vor allem musst du lernen, auf die Zeichen zu achten", riet ihre Mutter. – „Welche Zeichen?" – „Wenn du darauf achtest, dann wirst du sie sehen. Es ist nicht immer alles so, wie es scheint. Man muss es nur erkennen. Das mit dem Haus kannst du dir ja in Ruhe durch den Kopf gehen lassen", sagte Brigitte noch. – „Spontan würde ich sagen, ist mir die Variante mit der Miete am liebsten, aber ich spreche das doch noch mal mit Josch durch, sonst fühlt der sich übergangen. Somit wäre aber geklärt, was ich mit dem Herrn Ackermann mache. Ich rufe ihn an und sage ab", erwiderte Cäcilia.

Sie hatte gerade das Gespräch beendet, da stand der Hausmeister vor der Tür. „Hallo, Frau Hess! Ihre Klingel müsste wieder funktionieren. Es hatte sich ein kleiner Draht gelöst. Bevor wir das jetzt ausprobieren, würde ich mir gerne noch mal das Leck unter der Spüle genauer ansehen. Vielleicht ist da ja doch etwas ohne den Klempner zu machen", sagte er.

Cäcilia hatte nichts dagegen und ließ ihn rein. Er inspizierte das Abflussrohr unter der Spüle und sagte dann: „Frau Hess, ich glaube, wir haben Glück. Ich habe mich da am Montag wohl verguckt. Ich hole mal eben meine Werkzeugkiste aus dem Keller. Das bekomme ich auch ohne den Klempner wieder hin. Bleiben Sie dann mal bitte an der Tür stehen, dann können wir auch gleich die Klingel ausprobieren."

Er ging nach unten und Cäcilia wartete. Es klingelte.

„Funktioniert sie?", rief der Hausmeister hoch. – „Sie funktioniert", antwortete Cäcilia.

Nachdem der Hausmeister mit der Werkzeugkiste zurück kam und eine Weile in der Küche hantiert hatte, verkündete er nicht ohne Stolz: „Der Hausmeister im Haus erspart den Klempner! Der Schaden ist behoben!" – „Das ist ja prima!", erwiderte Cäcilia. „Gut, dass sie noch mal nachgesehen haben. Der Klempner hätte wieder richtig Geld verlangt." – „Ja, das hätte er. Ich hätte aber auch ganz schön dumm dagestanden", gab der Hausmeister zu. „Dann wünsche ich Ihnen noch einen angenehmen Tag und ein schönes Wochenende, Frau Hess!" – „Das wünsche ich Ihnen auch!", gab Cäcilia zurück.

Cäcilia konnte es kaum glauben, aber alle ihre Probleme schienen sich heute in Luft aufzulösen. Bevor sie sich eingehender damit befasste, rief sie Herrn Ackermann an. Sie erklärte ihm die Situation des letzten Abends und entschuldigte sich höflich für die entstandene Unanannehmlichkeit.

„Warum entschuldige ich mich eigentlich? Wir konnten doch nichts für die blöde Klingel!", dachte sie dabei. Dann teilte sie ihm noch mit, dass ein neuer Termin nicht mehr notwendig wäre, da sie entschieden hätten, das Haus zu behalten. Er war zwar nicht gerade begeistert – sie konnte es an seiner Stimme hören –, aber letztendlich musste er es so hinnehmen.

„Zu schade!", dachte sie. „Ich hätte zu gerne gesehen, wie ihm das Lächeln gefroren ist!" Ihr nächster Gedanke war: „Pfui, Cäcilia! So etwas denkt man nicht! Das ist gemein!"

Cäcilia fühlte sich total beschwingt, weil alles so gut lief. Sie beschloss, Anna anzurufen. Sie sollte teilhaben an ihrer guten Laune. Plötzlich meldete sich ihre Übelkeit wieder und ihr wurde schwindelig. Sie legte sich erst einmal auf das Sofa. „Naja, ein kleines Päuschen kann nicht schaden!", sagte sie sich.

Als Cäcilia nach einer knappen Stunde wach wurde, war sie zuerst völlig verwirrt. Zur Orientierung schaute sie auf die Uhr und war erstaunt, dass sie so lange geschlafen hatte. Dass sie sich im Laufe des Tages hinlegte, war eher selten. Es kam schon mal nach durchfeierten Nächten vor oder wenn sie krank war. Sie nahm sich vor, den Rat ihrer Mutter zu beherzigen und am Montag beim Arzt anzurufen. Sie wollte sich den bisher so tollen Tag aber nicht vermiesen lassen und nahm das Telefon. In diesem Moment – als wäre es Gedankenübertragung – klingelte das Telefon. Anna war es. „Hi, Ceci! Wie schaut's bei euch? Mein Bruder wieder heil gelandet? Was hat der Makler gesagt?", schoss sie gleich ohne Umschweife los. – „Typisch Anna!", dachte Cäcilia, nicht ohne ein Schmunzeln und versuchte, Annas Fragen der Reihe nach zu beantworten. „Selber hi!", begann sie das Gespräch. „Bei uns schaut's gut aus. Sehr gut sogar. Erzähl ich dir gleich. Dein Bruder ist auch wieder heil da. Der Makler war gestern gar nicht hier. Gestern war der reinste Chaostag! Erst kam die Post nicht, dann erschien der Klempner nicht, der Makler ließ uns auch noch hängen – dachten wir – und zu allem Überfluss fand Josch auch noch Athame in meinem Raum." – „Das Theater kann ich mir lebhaft vorstellen! Hat er sehr getobt?", meinte Anna. – „Allerdings!", gab Cäcilia zurück. – „Dem Makler würde ich geben! Und was war mit den anderen Sachen?", wollte Anna wissen. – „Der Makler ist ganz unschuldig. Die konnten uns alle nicht erreichen, weil unsere Klingel kaputt war", antwortete Cäcilia. „Anna, der Tag heute war irgendwie merkwürdig, aber auch toll! Erst rief die Kosmetikfirma an, ich habe den Auftrag. Das wäre auch die Post von gestern gewesen, versehentlich eine Absage. Direkt danach hat Mama angerufen. Meine Eltern möchten, dass das Haus in Familienbesitz bleibt. Sie möchten es entweder von mir kaufen oder mieten. Der Termin mit dem Makler hat sich somit erledigt. Dann stand unser Hausmeister vor der Tür und sagt mir, dass er die Klingel repariert hat. Als er dann schon mal hier war, wollte er noch eben nach dem Abflussrohr in der Küche sehen. Du wirst es nicht glauben, aber er konnte es doch selbst reparieren. Das mit dem Klempner hat sich ebenfalls erledigt. Kann es noch besser laufen?" – „Nö, eigentlich nicht!", erwiderte Anna. „Schwebst du jetzt auf Wolke sieben?" – „Könnte ich eigentlich, wenn da nicht meine Übelkeit und Schlappheit wären. Kannst du dir vorstellen, dass **ich** vorhin fast eine Stunde geschlafen habe?", fragte Cäcilia. – „Wie merkwürdig ist das denn? Das hattest du jetzt schon ein paar Mal. Vielleicht solltest du doch zum Arzt gehen. Zur Zeit grassiert ja wieder alles Mögliche. Es heißt ja auch immer, dass Menschen nach Schiksalsschlägen besonders anfällig sind", meinte Anna. – „Wenn es bis Montag nicht besser wird, dann lasse ich mir auch einen Termin bei meinem Hausarzt geben. Mama hat mir auch schon dazu geraten", sagte Cäcilia. – „Besser ist das! Auf dich kommt jetzt aber reichlich Stress zu mit den beiden Großprojekten", bemerkte Anna. – „Ja, da wird wieder die eine oder andere Nachtschicht fällig und dafür muss ich fit sein", bestätigte Cäcilia. „Ab wann musst du eigentlich wieder zur Uni? Die Semesterferien müssten auch bald vorbei sein, oder?", wollte sie noch von Anna wissen. – „Ab Montag. In diesem Semester konnte ich meine Arbeitszeit so legen, dass ich von montags bis mittwochs Vollzeit arbeite und dann verlängertes Wochenende habe. So habe ich vier Tage, an denen ich intensiv an meiner Doktorarbeit schreiben kann", antwortete Anna. – „Das ist ja echt ideal!", meinte Cäcilia. – „Ja, das ist es! Jetzt mal etwas anderes. Hast du bei deinem Stress eigentlich noch Zeit für Nachforschungen? Du wolltest doch nach weiteren Ereignissen in der Familiengeschichte suchen", wollte Anna wissen. – „Die Zeit werde ich mir irgendwie nehmen! Ich brauche aber zuerst noch die restlichen Bücher von Oma. Vielleicht finde ich da noch irgendwelche Hinweise. Ansonsten muss ich gucken, wie ich da am besten vorgehe. Falls du noch Ideen haben solltest, dann lass es mich wissen", gab Cäcilia zurück. – „Klar, ich überlege mit. Zum Haus würde ich gerne wieder mitfahren, wenn ich darf", sagte Anna. – „Da nehme ich dich doch gerne mit, aber dieses Mal fahren wir ohne Anhang. So, jetzt muss ich aber mal wieder etwas tun", sagte sie und beendete das Gespräch.

Auch wenn Cäcilia zeitlich schon arg in Verzug war, konnte sie sich nicht richtig aufraffen. Dennoch begab sie sich an die Arbeit. Sie nahm sich vor, sich langsam einzuarbeiten, in dem sie organisatorische Dinge einfach vorweg nahm, eh sie an die eigentliche –

die kreative Arbeit – ging. Schließlich kam sie sogar ganz gut voran und war ganz zufrieden mit ihrem Pensum, da klingelte erneut das Telefon. „Hi, Ceci, ich bin's noch mal!", meldete sich Anna. – „Was gibt's denn?", wollte Cäcilia wissen. – „Nachdem ich aufgelegt hatte, habe ich mir alles noch mal in Ruhe durch den Kopf gehen lassen, was du mir erzählt hast und da ist mir etwas aufgefallen. Dein Ritual scheint funktioniert zu haben", sagte Anna. – „Wie kommst du denn darauf?", fragte Cäcilia verdutzt. – „Findest du es nicht seltsam, dass am gestrigen Tag – einen Tag nach dem Ritual – alles scheinbar schief ging und sich heute herausstellt, dass das gar nicht schlecht, sondern nur gut war? Meinst du nicht, das wären ein paar Zufälle zu viel?", meinte Anna. – „Du hast recht! Das habe ich noch gar nicht so gesehen. Aber es stimmt, etwas merkwürdig ist das Ganze schon. Was ich gestern noch voll blöd fand, stellte sich heute als gut raus. Ob das wirklich am Ritual liegt?", zweifelte Cäcilia. – „Glaubst du etwa, dass das normal ist? Du wolltest doch mit dem Ritual Schlechtes abwenden und Gutes anziehen. Ich würde sagen, das ist dir voll und ganz gelungen!", stellte Anna fest. – „Von der Warte habe ich die Ereignisse noch gar nicht betrachtet. Vielleicht besteht da ja wirklich ein Zusammenhang. Mal abwarten, was noch passiert", äußerte Cäcilia vorsichtig. – „Wir werden sehen! Noch etwas, es betrifft deine Übelkeit. Hast du mal über die Möglichkeit ...?" – Zu mehr kam Anna nicht mehr, da Cäcilia den Satz vervollständigte: „... einer Schwangerschaft nachgedacht? Nö, nicht so wirklich! Wie kommst du denn jetzt auf die Idee?" – „Es wäre doch möglich, oder?", meinte Anna. – „Möglich wäre es, aber ich glaube es nicht. Außerdem hätte ich das bemerkt. Ich denke, die andere Theorie mit der Anfälligkeit nach Schiksalsschlägen trifft eher zu", gab Cäcilia zurück.

Damit beendeten sie das Gespräch und Cäcilia begab sich wieder an ihre Arbeit, die ihr jetzt partout nicht mehr von der Hand gehen wollte. „Was ist, wenn Anna richtig liegt und ich ...", dachte sie. „Nein! Das konnte gar nicht sein! Das wüsste ich!", versuchte sie den Gedanken zu vertreiben, aber es gelang ihr nicht wirklich.

Um auf andere Gedanken zu kommen, beschloss sie, für das Abendessen einzukaufen. Auf dem Rückweg kam sie an einem Drogeriemarkt vorbei. Zuerst lief sie daran vorbei, dann stoppte sie, ging wieder zurück und schließlich hinein. Sie nahm ein paar Alibi-artikel, legte sie in ihren Korb und suchte dann nach dem, was sie eigentlich wollte – einen Schwangerschaftstest.

„Das ist absurd! Was tue ich hier eigentlich?", fragte sie sich. Annas Vermutung hatte sie mehr verunsichert, als sie sich zugestehen wollte.

Sie stand in der Küche und bereitete das Essen vor, als Josch nach Hause kam. „Hallo Schatz! Wie geht es dir?", begrüßte er sie, nahm sie in den Arm und wirbelte sie herum. – „Hallo?!", gab sie verwirrt zurück. „Was ist denn mit dir los?" – „Das war heute ein genialer Tag! Du glaubst es nicht, aber wir hatten heute den lang ersehnten Durchbruch! Das Programm läuft fehlerfrei und ist so gut wie verkaufstauglich. Wir haben es endlich geschafft!", gab er zur Antwort. – „Glückwunsch! Das ist ja wirklich super! Dann war das heute **unser** Tag!", erwiderte Cäcilia. – „Warum unser Tag? Was ist denn noch Schönes passiert?", fragte Josch. – „Geh dich frisch ma-chen. In der Zeit mache ich das Essen fertig und dann erzähle ich dir alles in Ruhe", antwortete sie.

Während sie aßen, erzählte sie von dem Auftrag der Kos-metikfirma, vom Hausmeister, von der Klingel und dem Abfluss-rohr sowie von dem Anruf ihrer Mutter.

„Das ist ja irgendwie verhext!", bei diesen Worten zuckte Cäcilia unwillkürlich zusammen. „Gestern ging gar nichts und heute klappt alles perfekt. Da muss man sich ja schon fast fürchten!", meinte Josch lachend. – „Letzteres glaube ich eher nicht. Es ist zwar schon etwas kurios, aber nur gut für uns!", erwiderte Cäcilia. „Jetzt fängt er auch noch mit Hexerei an! Es muss das Ritual gewesen sein! Eine andere Erklärung gibt es nicht!", dachte sie. – „Ceci, lass uns zur Feier des Tages einen Sekt aufmachen!", schlug er vor. – „Das kannst du gerne machen. Ich trinke aber keinen mit. Mir war heute schon wieder nicht so gut", sagte sie. – „Das mit der Blässe und dem Unwohlsein häuft sich jetzt aber. Du solltest vielleicht doch mal ...", weiter kam er nicht mehr. – „... zum Arzt gehen. Ich weiß! Du bist nach Mama und Anna der Dritte, der mir das sagt. Ich rufe da gleich am Montag an und lasse mir einen Termin geben", sagte sie zu seiner Beruhigung.

Sie sagte ihm aber nichts von Annas Verdacht und dem Schwangerschaftstest, den sie in ihrer Handtasche hatte. Sie überlegte gerade noch, wann sie den am besten machen sollte, denn vor dem Arzttermin wollte sie das schon erledigt haben – auch wenn ihr der Gedanke immer noch absurd erschien –, da sagte Josch: „Also das Haus deiner Oma soll in Familienbesitz bleiben. Wenn ich dich richtig verstanden habe, möchtest du es noch nicht einmal an deine Eltern verkaufen." – „Eigentlich nicht! Es wäre doch ziemlicher Quatsch, wenn ich es jetzt an sie verkaufe und dann später wieder erbe, denn in Familienbesitz soll es so oder so bleiben. Da fände ich die Lösung mit der Miete schon besser", erwiderte sie. – „Das ist vielleicht gar nicht so schlecht! Wenn ich es mir recht überlege, sogar gut! Das ist eine solide Sicherheit für die Bank, wenn wir uns Eigentum zulegen wollen", meinte Josch. – „So sehe ich das auch", gab sie zurück, obwohl das eine glatte Lüge war. „Über die Höhe der Miete werden wir uns schon einig. Mir würde es schon reichen, wenn die laufenden Kosten gedeckt wären." – „Ausnehmen will ich deine Eltern auch nicht! Da finden wir schon eine Lösung. Weiß der Herr Ackermann eigentlich schon von seinem ‚Glück'?", fragte Josch. – „Ja, ich habe ihn angerufen. War gar nicht so einfach, ihn abzuwimmeln!", antwortete sie. – „Wann hast du den Termin bei der Kosmetikfirma?", wollte er wissen. – „Am nächsten Dienstag", antwortete sie. – „Willst du da mit dem Auto hin?" – „Nein, ich fahre mit der Bahn. Ich wollte mir morgen die Verbindung raussuchen und buchen. Während der Fahrt kann ich mich noch auf das Gespräch vorbereiten. Ach, ja! Und zur Post muss ich morgen. So wie ich die Dame verstanden hatte, haben die auch meine Entwürfe zurückgeschickt", gab Cäcilia zurück. – „So toll das auch mit den beiden Projekten ist, aber da kommt reichlich Arbeit auf dich zu. Pass auf, dass du dich nicht übernimmst! Und lass den Hokuspokusunsinn in der nächsten Zeit! Wenn meine Schwester so einen Spaß daran hat, kann sie sich ja weiter damit beschäftigen; obwohl sie sich auch besser um ihre Doktorarbeit kümmern sollte", meinte Josch. – „Bist du fertig mit deinem Vortrag?", wollte sie wissen. – „Sorry! Sollte kein Vortrag werden", entschuldigte er sich. – „Ich habe schon öfter mehrere Projekte gleichzeitig bearbeitet und bisher hat immer alles geklappt", sagte sie. – „Ja, aber ich meine ja auch nur wegen deiner angeschlagenen Gesundheit", sagte er zu seiner Verteidigung. – „Das mit meiner Gesundheit kläre ich nächste Woche. So schlimm wird es schon nicht sein. Mein Zeitrahmen ist bis jetzt auch gar nicht so eng. Bis Mitte des Monats müssen die Entwürfe für die Babynahrung fertig sein. Ich habe da auch schon ganz bestimmte Vorstellungen. Wenn wir morgen alles erledigt haben, dann starte ich sofort wieder durch. Die Konditionen mit der Kosmetikfirma werde ich am Dienstag aushandeln, wenn ich die übrigen Rahmenbedingungen kenne. Wo ist jetzt das Problem? Ich sehe keins!", sagte sie abschließend zu Josch. Im Stillen dachte sie sich: „Und ob ich mit der Hexerei weitermache! Schließlich habe ich gerade erst angefangen!"

Sie beendeten den Abend ganz gemütlich und gingen früh zu Bett. Josch schlug vor noch einen Film auf DVD zu gucken und sie willigte ein. Sie war einfach nur froh, sich in ihr Bett kuscheln zu können und nicht mehr reden zu müssen. Ihr gingen die Ereignisse des Tages nicht mehr aus dem Kopf. Anfangs hatte sie ja noch gedacht, es wäre alles purer Zufall, aber inzwischen war sie anderer Meinung. Ihre Mutter hatte ja gesagte, sie sollte auf die Zeichen achten. „Wenn das keine Zeichen waren, dann weiß ich auch nicht mehr ...", dachte sie noch und schlief ein.

11. Der große Knall

Nach den eher schlechten Nächten der letzten Zeit hatte Cäcilia diese Nacht tief und fest geschlafen und wachte entspannt auf. Sie ließ Josch noch schlafen, verließ leise das Schlafzimmer und machte sich fertig. Anschließend bereitete sie in der Küche das Frühstück vor, schnappte sich die Benachrichtigung von der Post und machte sich auf den Weg. Sie holte das Schreiben sowie die Entwürfe von der Post ab und besorgte auf dem Rückweg noch frische Brötchen.

Josch schlief noch, als sie zurückkam. Als er schließlich die Küche betrat, war er ganz überrascht, dass schon alles fertig war. „Guten Morgen! Seit wann bist du denn schon auf?", fragte er. – „Och, so seit anderthalb Stunden. Ich war auch schon bei der Post", antwortete sie. – „Aus dem Bett gefallen! Mehr sage ich nicht dazu!", meinte Josch. „Wie geht es dir eigentlich heute?" – „Heute geht es, aber gestern kam das auch eher plötzlich", erwiderte sie. „Verflucht! Ich muss den Test noch ins Badezimmer legen. In der Handtasche hilft der mir auch nicht weiter!", dachte sie noch. Josch unterbrach ihre Gedanken und sagte: „Blass bist du aber trotzdem!" – „Das meinst du nur! Ich war aber auch schon lange nicht mehr auf der Sonnenbank", sagte Cäcilia. – „Dann sieh mal zu, wie du das noch in deinen Zeitplan integrierst. Apropos Zeitplan! Wie sieht eigentlich dein Plan für heute aus?", wollte er wissen. – „Ich dachte, dass wir nach dem Frühstück unseren Einkauf erledigen, danach wollte ich mich um die Fahrkarte und anschließend um die Babynahrung kümmern. Nach dem Einkauf kannst du also machen, was du möchtest", erläuterte Cäcilia ihre Pläne. – „Hättest du etwas dagegen, wenn ich heute Squash spielen würde? Mein Kollege meinte gestern schon, dass wir uns nach dem ganzen Stress mal eine Toberunde verdient hätten. Ich hatte noch nicht zugesagt, weil ich nicht wusste, was du geplant hattest", meinte Josch. – „Dann ruf ihn an und sag zu. Ich habe nichts dagegen."

Sie frühstückten in Ruhe. Bevor sie zum Einkauf fuhren, verabredete sich Josch für den Nachmittag noch mit seinem Kollegen. Cäcilia fand das eigentlich sehr praktisch, weil sie so Zeit und Gelegenheit hatte, sich weiter um ihre Nachforschungen zu kümmern. Wenn er außer Haus war, hatte sie freie Bahn. Ihre Zeit war zwar begrenzt, aber sie nahm sich vor, diese sinnvoll zu nutzen.

Bis Josch ging, hatte sie schon die Fahrkarte gebucht und saß an ihren Entwürfen. Sie hatte begonnen, ihre neuen Vorstellungen umzusetzen. Nach kurzer Zeit merkte sie schon, dass es gut werden würde. Sie hatte ihre Flaute in Sachen Kreativität offensichtlich überwunden. Das bedeutete, dass sie die verlorene Zeit schneller aufholen würde, als sie gehofft hatte. Sie hatte schon eine ganze Weile gearbeitet, als ihr siedend heiß einfiel, dass sie ja noch einiges erledigen wollte, solange Josch nicht da war. Sie sah auf die Uhr, aber sie konnte sich nicht daran erinnern, wann Josch gegangen war. Sie machte eine kurze Pause und nutzte die Zeit, um Anna anzurufen.

„Hi, Ceci! Was gibt's? Kannst du reden oder hört der Feind mit?", wollte Anna wissen. – „Nein, der Feind ist spielen gegangen. Ich weiß nur blöderweise nicht genau, seit wann er weg ist. Dabei wollte ich noch etwas nachsehen und eine Bestellung machen", erwiderte Cäcilia. – „Was willst du denn bestellen?" – „Vor allem ein ‚Buch der Schatten', damit ich meine Aufzeichnungen vom Ritual sauber übertragen kann", sagte Cäcilia. „Außerdem hast du mich mit deinem Verdacht völlig kirre gemacht. Du glaubst nicht, was ich mir gestern besorgt habe." – „Einen Schwangerschaftstest? Und? Was hat der ergeben?", wollte Anna ganz aufgeregt wissen. – „Noch gar nichts! Ich habe ihn zwar hier, aber noch nicht gemacht. Kann man den nicht nur morgens machen?", meinte Cäcilia. – „Ceci, wie alt bist du eigentlich? Hast du noch nie einen Schwangerschaftstest gemacht? Die neueren Tests kann man eigentlich zu jeder Tageszeit machen, aber in der Packungsbeilage steht es ganz genau beschrieben. Wenn du ihn gemacht hast, musst du mich **sofort** anrufen!", sagte Anna. – „Das werde ich!", lachte Cäcilia, obwohl sie sich schon ärgerte, dass Anna wieder einmal mehr wusste als sie. „So, jetzt werde ich erst wild bestellen und mich dann mit dem Test beschäftigen. Obwohl ich immer noch meine, dass es überflüssig ist." – „Ob überflüssig oder nicht, wird sich erst noch zeigen. Weiß Josch eigentlich schon etwas?", fragte Anna. – „Nein! Dem würde ich auch erst etwas sagen, wenn der Test etwas ergeben würde. Du weißt doch, man soll schlafenden Hunde nicht wecken …", erwiderte Cäcilia. – „Da gebe ich dir recht! Ich würde es vorher auch nicht machen. Vor allem nicht, weil ich meinen Bruder kenne!", sagte Anna zum Schluss des Gesprächs.

„Was mache ich zuerst? Bestellung oder Test?", fragte sich Cäcilia. Da sie keine Zeit verlieren wollte, entschied sie sich für die dritte Variante – alles gleichzeitig. Sie holte den Test aus der Tasche, nahm den Beipackzettel und überflog die Anweisungen, während sie online nach Okkult-Shops suchte. „Ha!", dachte sie. „Ich hatte doch recht! Morgenurin ist am besten!" Für ihr Ego war diese Erkenntnis mehr als beruhigend. Sie brachte den Test ins Badezimmer und verstaute ihn zwischen ihren Sachen im Spiegelschrank. Die Wahrscheinlichkeit, dass Josch etwas zwischen ihren Schminksachen suchte, war mehr als gering. Irgendetwas in ihr sträubte sich gegen den Test. Sie hätte aber nicht sagen können was. Vielleicht lag es auch daran, dass es ihr am heutigen Tag relativ gut ging. Sie war deshalb froh, dass sie den Test ganz legitim auf den morgigen Tag verschieben konnte.

Nachdem sie die Angelgenheit mit dem Schwangerschaftstest für sich abgehakt hatte, widmete sie sich der Bestellung. Das Unterfangen gestaltete sich schwieriger, als sie dachte. Jeder Shop hatte interessante Angebote. Sie hätte so viel bestellen können. Sie besann sich dann doch auf das Wesentliche, alles andere musste so nach und nach kommen. Zumindest fast alles andere. Ihr Ritual diente zum Schutz. Es konnte also nicht schaden, den Schutz durch ein wenig Beiwerk noch zu verstärken. Das Wichtigste waren aber das „Buch der Schatten" und ein Pentagramm. Beim Pentagramm bekam sie das nächste Problem. Cäcilia hätte nie gedacht, dass die Auswahl so derart vielfältig wäre. Das war gar nicht so einfach!

Cäcilia hatte gerade ihre Bestellung abgeschlossen, da kam auch schon Josch zurück. Schnell ließ sie den Ausdruck mit der Bestellung verschwinden, schloss die Seite auf dem Bildschirm und wandte sich zur Tarnung wieder ihrer Arbeit zu.

„Hi, Ceci, bin wieder da! Du sitzt ja immer noch hier!", begrüßte er sie. – „Ach, wie gut, dass niemand weiß ...", dachte sie und sagte dann: „Ja, so ist das halt, wenn man viel Arbeit hat!" – „Machst du noch lange? Ich wollte dich eigentlich zum Essen ausführen", sagte er. – „Ich dachte, wir wollten kochen. Wir hatten doch extra eingekauft", gab sie zurück. – „Ja, schon! Aber hast du Lust darauf, in der Küche zu stehen? Außerdem haben wir doch beide etwas zu feiern. Du deinen Auftrag und ich den Durchbruch mit dem Programm. Wir können schließlich nicht nur arbeiten und uns nichts leisten, finde ich!", meinte Josch. – „Irgendwie hast du recht! Es hört sich auch ziemlich verlockend an", sagte sie. – „Ich habe auch gerade eine tollen Tipp bekommen. Ein neuer Mexikaner hat aufgemacht und der soll ziemlich gut sein. Wie hört sich das an?", fragte er. – „Das hört sich so gut an, dass ich gar nicht mehr überlegen muss! Ich bin dabei! Ich mache mich nur kurz frisch und ziehe etwas anderes an, dann können wir – von mir aus – los", antwortete sie.

So beschlossen die beiden den Abend bei einem guten Essen und anschließendem Stadtbummel. Cäcilia und Josch, die beide keine Frischluftfanatiker waren, bekamen durch die kalte, klare Nachtluft einen regelrechten Sauerstoffschock. Zu Hause angekommen, tranken sie noch einen heißen Tee und waren froh, in ihre Betten kriechen zu dürfen.

Am anderen Morgen erwachte Cäcilia ohne ihren Mann an ihrer Seite. Normalerweise war sie die Erste, die wach war oder es zumindest wurde, wenn Josch aufstand. Sie hatte aber so tief geschlafen, dass sie immer noch Probleme hatte, klar zu denken. Obwohl es schon relativ spät war, rollte sie sich noch mal auf die andere Seite und döste noch etwas vor sich hin, dabei dachte sie: „Es ist nicht zu fassen, wie die Zeit vergeht! Am letzten Donnerstag war Oma schon einen Monat tot und ich war seitdem nicht ein einziges Mal an ihrem Grab! Wo ist die Zeit bloß geblieben?"
Das Klingeln des Telefons riss sie aus ihren Gedanken und ließ sie schlagartig wach werden. Sie hörte Josch zwar reden, konnte aber nichts verstehen. Sie stand auf und ging ins Bad. Da fiel ihr der Test wieder ein. „Naja, machen kann man den ja mal", sagte sie sich. Während der Auswertung machte sie sich fertig und wollte schon das Bad verlassen, als sie doch einen Blick riskierte. „Das darf nicht wahr sein!", sagte sie leise und setzte sich. Der Test war positiv! Daran änderte sich auch nichts, als sie die Gebrauchsanleitung

nochmals durchlas. Tausend Gedanken schossen gleichzeitig durch ihren Kopf. „Ich brauche einen Kaffee! Ganz dringend!", dachte sie. Wie in Trance verließ sie das Bad. Sie hoffte, dass Josch schon Kaffee fertig hatte. Sie ging in die Küche und versuchte sich einen Kaffee einzuschütten. Einen Teil verschüttete sie aber, weil ihre Hände zitterten. Sie war so in Gedanken, dass sie gar nicht bemerkte, dass Josch die Küche betrat.

„Ceci? Ceci, was ist mit dir los? Du bist kreidebleich und zitterst", sprach er sie besorgt an. – „Wie? Was? Was meinst du?", fragte sie verwirrt zurück. – „Ich möchte wissen, was mit dir los ist", erwiderte er. – „Sorry! Ich habe nichts. Ich bin nur noch nicht ganz in der Welt", wiegelte sie ab und versuchte ihre Fassung wieder zu erlangen. – „Nach nichts sieht mir das aber nicht aus. Du bist ja völlig durch den Wind!", sagte Josch. – „Nein, es geht schon. Bin schon fast wach. Mit wem hast du gerade telefoniert?", wollte sie wissen. „Anna hat angerufen. Du sollst nachher mal zurückrufen", antwortete er. – „Ach, so! Werde ich machen, sobald ich zwei Liter Kaffee intus habe. Dann kann ich bestimmt auch geradeaus denken. Wenn ich es nicht besser wüsste, würde ich sagen, ich war gestern blau", scherzte sie jetzt. – „Das war's nicht, aber vielleicht zu viel Sauerstoff", lachte er. „Um frisch zu werden, solltest du den Kaffee aber auch trinken und nicht verschütten!" – „Yes Sir! Wird gemacht, Sir!", gab sie im militärischen Stil zurück. – „Du bist verrückt!", sagte er nur kopfschüttelnd und ging wieder in sein Arbeitszimmer.

Nach der zweiten Tasse Kaffee hatte sie halbwegs ihre Fassung wieder und war in der Lage, Anna anzurufen. Dazu ging sie ins Wohnzimmer, da das am weitesten entfernt war von Joschs Arbeitszimmer.

„Guten Morgen, Anna! Du hast angerufen. Was gibt's?", wollte Cäcilia wissen. – „Nichts Besonderes! Ich wollte eigentlich nur wissen, ob du den Test schon gemacht hast", antwortete Anna. Nach einer kurzen Pause, in der Cäcilia überlegte, ob sie etwas sagen sollte oder nicht, sagte sie schließlich: „Ja, habe ich!". – „Und? Lass mich raten! Positiv!", erwiderte Anna ganz aufgeregt. – „Ja", gab Cäcilia zähneknirschend zu. – „Ha! Ich habe es gewusst!", jubelte Anna. „Und weiß es Josch schon?" – „Nein! Und bitte halte noch den Mund. Ich bin auch noch nicht überzeugt. Das Ergebnis könnte ja auch falsch sein. Auf jeden Fall rufe ich morgen meine Frauenärztin an, wenn sie es bestätigt, ist es immer noch früh genug", antwortete sie. – „Okay, ich sage nichts! Aber es ist trotzdem der Hammer! Ist dir denn nichts an dir aufgefallen, außer dem Unwohlsein? Was war mit deiner Periode?", wollte Anna wissen. – „Mir ist nichts aufgefallen und seit ich die Pille abgesetzt hatte, kam sie sehr unregelmäßig. Außerdem kam der Stress mit Oma, der Beerdigung, dem Erbe und dem Ritual dazwischen. Ich habe mir da nichts bei gedacht", sagte Cäcilia, ohne zu merken, dass Josch mit dem Schwangerschaftstest, den sie in ihrer Verwirrtheit im Badezimmer hatte liegen lassen, im Wohnzimmer stand.

Ehe sie reagieren konnte, war auch schon die Hölle los. „Wobei hast du dir nichts gedacht, wenn man mal fragen darf? Welches Ritual? Und was hat das hier zu bedeuten? Könntest du bitte mal mit der Telefoniererei aufhören und mir das erklären!", schnaubte er vor Wut. – „Anna, ich rufe dich nachher wieder an", sagte Cäcilia. – „Oh, oh! Das hört sich nicht gut an! Mach das! Und halt die Ohren steif!", meinte Anna aufmunternd. – „Josch, jetzt beruhige dich erst einmal und setz dich! Dann erkläre ich dir auch alles", ging sie in die Offensive.

Er tat, was sie ihm sagte, wenn auch immer noch aufgebracht. Seine Nasenflügel bebten. Cäcilia fing an, zu erzählen: „Erstens ist das, was du in der Hand hältst, ein Schwangerschaftstest und der ist positiv. Ich wollte dir noch nichts davon sagen, weil ich nicht weiß, wie zuverlässig diese Dinger sind. Anna hat mich auf die Idee gebracht, weil mir in der letzten Zeit so oft übel war. Leider habe ich vergessen, ihn zu entsorgen – mein Fehler! –, aber ich war so überrascht von dem Ergebnis." – „Du weißt es auch erst seit heute?", fragte er. – „Ja!" – „Und dann hast du nichts besseres zu tun, als es Anna zuerst zu erzählen?", sagte er gekränkt. – „Josch, ich wollte es noch gar keinem erzählen. Ich bin ja selbst noch nicht sicher. Aber Anna wusste von dem Test und hat mich direkt gefragt. Was sollte ich machen? Lügen?", versuchte sie einzulenken. – „Nein, das wäre nicht nötig gewesen. Aber du hättest mir – deinem Mann! – ruhig auch etwas sagen können! Anna ist zwar meine Schwester und deine beste Freundin, aber ich bin dein Mann und mich betrifft es in erster Linie", sagte er immer noch gekränkt. – „Josch, ich kann es doch selbst noch nicht fassen. Ich glaube es auch erst, wenn das Ergebnis von der Frauenärztin bestätigt wurde. Ich hatte Anna schon gebeten, vorläufig noch den Mund zu halten. Jetzt bitte ich dich auch", verteidigte sie ihr Verhalten. – „Okay, wie du willst! Weißt du schon, wann das Kind kommt?", wollte er wissen. – „Nein, wie sollte ich? Ich weiß noch nicht einmal hunderprozentig, dass überhaupt eins kommt. Wie sollte ich dann schon Details kennen?", gab sie zurück. – „Hätte ja sein können, dass du schon gerechnet hast", meinte er. – „Das mit der Rechnerei ist wohl eher dein Part", sagte sie schnippischer, als sie es eigentlich wollte. – „Danke! Das habe ich jetzt auch verstanden! Und was war das mit dem Ritual?", fragte er.

Cäcilia versuchte ihm so ruhig und sachlich von dem Ritual zu erzählen, wie es nur eben ging. Sie schilderte auch die Gründe, warum sie es durchgeführt hatte. Der Zeitpunkt für ihr Geständnis war aber denkbar ungünstig. Noch während sie erzählte, konnte sie schon an seinem Gesicht ablesen, dass er gleich explodieren würde und das tat er dann auch: „Wenn du glaubst, dass ich den ganzen Hexenunsinn noch weiter gutheiße, dann bist du auf dem Holzweg! Ich habe es die ganze Zeit geduldet, weil ich dachte, das wäre für dich nur ein neuer Zeitvertreib und dein Interesse würde schnell wieder abflauen. Deshalb habe ich bisher auch nichts zu deinen ständigen Telefonaten mit Anna und deiner Mutter gesagt; oder den Recherchen im Internet, den Nachtschichten inklusive; oder dazu, dass der komische Dolch hier in der Wohnung rumliegt; oder dazu, dass du das Haus partout nicht verkaufen wolltest – glaube bloß nicht, ich hätte es nicht gemerkt –; oder dass du deinen Job vernachlässigt hast. Bis jetzt habe ich alles so hingenommen, aber jetzt ist Schluss! Du musst jetzt Rücksicht nehmen auf deine Gesundheit! Im Prinzip sind die beiden Großprojekte schon zu viel. Da musst du dich nicht auch noch in diesen Unsinn mit der Hexerei reinsteigern und deine Zeit verplempern. Vergiss den Quatsch ein für alle Mal! Es gibt keine Hexen und keine Hexerei!"

Cäcilia hätte heulen können vor Wut und Enttäuschung. Wütend war sie, weil er sie so angriff, was ihrer Meinung nach ungerechtfertigt war. Enttäuscht war sie, weil er so wenig Toleranz zeigte gegenüber ihrer Familiengeschichte und -tradition, wozu nunmal auch die

Hexerei gehörte. Und wenn sie eins hasste, dann war es Intoleranz! In diesem Moment wünschte sie sich, dass ihr Mann etwas von ihrem Vater hätte. Genau dieses Gefühl führte dazu, dass sie auf stur stellte und Josch einfach nur fragte: „Bist du jetzt fertig? Dann kann ich ja wieder an die Arbeit gehen. Ich will mir schließlich nicht nachsagen lassen, dass ich meinen Job vernachläsige!" – Josch schäumte jetzt vor Wut und fuhr sie an: „Ja, klar! Kaum sagt man dir die Meinung, mimst du die Beleidigte! Kann man mit dir auch etwas vernünftig ausdiskutieren?" – „Ja, das kann man! Aber dazu müsste es erst einmal vernünftig sein! Komm mal von deinem hohen Ross runter, dann können wir uns weiter unterhalten!", fauchte sie ihn an und verließ den Raum. Sie ging in ihr Arbeitszimmer und warf die Tür hinter sich zu.

Jetzt saß sie da wie ein Häufchen Elend. Die Tränen kullerten über ihr Gesicht. Was sollte sie nur machen? Anrufen wollte sie jetzt nicht. Zum einen lag das Telefon noch im Wohnzimmer, zum anderen hätte sie Josch nur noch mehr Angriffsfläche geboten. „Wenn jetzt Oma da wäre ... Sie wüsste bestimmt einen Rat", seufzte sie.

Mehr denn je fühlte sie schmerzlich, dass ihr ihre Oma fehlte. Sie hätte jetzt nichts lieber getan, als ihrer Oma von der wahrscheinlichen Schwangerschaft zu erzählen. Ihre Oma hätte sich so darüber gefreut. Sie wäre der glücklichste Mensch der Welt gewesen. Statt die Nachricht mit jemandem zu teilen, saß sie allein und kreuzunglücklich in ihrem Raum.

Sie schickte Anna eine E-Mail. Während sie auf eine Antwort wartete, hörte sie die Wohnungstür ins Schloss fallen. Sie verließ ihr Arbeitszimmer und suchte nach ihrem Mann. Er war nicht da. Er hatte noch nicht einmal einen Nachricht hinterlassen und sein Handy lag im Flur. Sie fragte sich, wo er sein könnte. Es war eigentlich noch nie vorgekommen, dass Josch einfach so ging.

Cäcilia wartete. Sie wartete darauf, dass Josch zurückkäme oder sich wenigstens meldete sowie auf eine Antwort von Anna. Nichts geschah. Die Zeit erschien ihr endlos lang. Sie lief unruhig in der Wohnung umher und schaute ständig auf die Uhr. Zwischendurch guckte sie immer, ob sich wenigstens Anna schon gemeldet hatte – Fehlanzeige! Sie befand sich in einem Wechselbad der Gefühle. Sollte sie sauer sein auf Josch oder sollte sie sich Sorgen machen? Sie fragte sich auch, warum sich Anna nicht meldete. Sie hing doch sonst auch immer am Computer. Auf die Idee, dass Josch bei Anna sein könnte, kam sie allerdings nicht.

Als sie den Schlüssel im Schloss hörte, schloss sie ganz leise die Tür zu ihrem Arbeitszimmer und tat so, als wenn sie die ganze Zeit völlig konzentriert gearbeitet hätte. Die passenden Worte für ihren Mann hatte sie sich auch schon zurecht gelegt. Ihre Tür öffnete sich, aber statt ihres Mannes erschien ein Rosenstrauß. Kurz darauf lugte Joschs Kopf durch den Türspalt. „Frieden?", fragte er vorsichtig.

Cäcilia, die ihm eigentlich ordentlich die Meinung sagen wollte, hatte in diesem Moment alles vergessen und musste schmunzeln.

„Irgendwie ist er ja süß!", dachte sie und fragte ihn dann: „Wo warst du? – „Bei deiner besten Freundin. Die hat mir übrigens ganz gehörig den Kopf gewaschen, weil ich eine Schwangere so schlecht behandelt habe. Im Gegensatz zu dir ist sie sich sicher. Sie hat mir erklärt, dass die Tests heutzutage zu 99% sicher sind. Ich soll dich ganz lieb grüßen und du möchtest dich nachher doch bitte noch melden. Setzen wir uns ins Wohnzimmer und reden ganz in Ruhe?", bat er sie. – „Du warst bei Anna? Warum das denn?", wollte sie wissen. – „Eigentlich bin ich zu ihr gefahren, um auch sie zusammen zu stauchen, aber du kennst ja Anna. Sie hat den Spieß einfach umgedreht und jetzt komme ich mir wie der letzte Trottel vor", antwortete er kleinlaut. – „Okay! Das kann ich mir lebhaft vorstellen!", lachte Cäcilia und ging mit Josch ins Wohnzimmer.

„Warum hast du mir denn nicht gesagt, dass du das Haus nicht verkaufen willst. Den Termin mit dem Makler hätten wir uns doch sparen können. Wenn ich gewusst hätte, dass es dir so viel bedeutet, dann hätte ich dich doch nicht so unter Druck gesetzt", fing Josch das Gespräch an. – „Wie – bitteschön? – hätte ich dir das erklären sollen? Für dich stand der Verkauf doch von Anfang an fest. Für dich gab es doch keine andere Alternative. Ich habe die ganze Zeit krampfhaft überlegt, wie ich es dir beibringen könnte. Als Mama mich deswegen anrief, ist mir ein Stein vom Herzen gefallen", antwortete Cäcilia. – „Und warum hast du mir das mit der

Schwangerschaft nicht erzählt?" – „Das sagte ich doch schon! Ich wollte selbst erst sicher sein. Im Prinzip bin ich es immer noch nicht. Egal, was Anna dazu meint! Was sagt sie sonst noch?", wollte sie wissen. – „Über den Rest wollte sie selbst noch mit dir reden. Du sollst die Sache mit der Hexerei jetzt erst einmal hinten anstellen und dich auf deine Mutterrolle vorbereiten", erwiderte er.

Cäcilia wusste nicht, was sie davon halten sollte. Sie konnte sich nicht vorstellen, dass ausgerechnet Anna das gesagt haben sollte. Sie musste unbedingt mit ihr darüber reden. Für den Moment erschien es ihr aber richtig, auf den Vorschlag einzugehen. Warum konnte sie zwar nicht erkären, aber wahrscheinlich war es weibliche Intuition.

„Vielleicht liegt Anna ja richtig! Vielleicht wird es sonst wirklich etwas viel für mich. Aber jetzt lassen wir mal die Kirche im Dorf und warten ab, was die Ärztin sagt", meinte sie. – „Also lässt du das jetzt mit der Hexerei, den Ritualen und so weiter?" – „Ja, ich lasse es!", log sie. – „Dann ist ja gut! Ich hasse es, mich mit dir zu streiten – vor allem jetzt. Wann willst du zur Ärztin?" – „Ich rufe da gleich morgen an", antwortete Cäcilia. – „Hoffentlich hat sie gleich morgen einen Termin frei. Wir könnten uns ja im Internet schon informieren", schlug er vor. – „Josch, lass es! Was habe ich gerade gesagt? Das können wir immer noch, wenn das Ergebnis bestätigt ist", bremste sie seine Euphorie. – „Okay! Hast ja recht! Was hältst du davon, wenn wir den Rest des Tages einfach nur gammeln? Ach, ja! Du solltest dich doch noch bei Anna melden", erinnerte er sie. – „Das mit dem Gammeln ist eine supergute Idee! Anna rufe ich sofort an, dann haben wir Ruhe", gab sie zurück.

Sie telefonierte kurz mit Anna, um ihr mitzuteilen, dass alles wieder in Ordnung war, wobei sie das Thema Hexerei bewusst ausklammerte. Darüber wollte sie am nächsten Tag mit ihr reden, wenn Josch nicht dabei sein würde. Sie erkundigte sich deshalb auch bei Anna, wann diese am nächsten Tag ungefähr zu Hause sein würde. Nachdem das erledigt war, legte sie mit Josch zusammen einen gemütlichen Restsonntag ein. Die Ruhe nach der Aufregung tat beiden gut. Beide Gemüter beruhigten sich wieder, angesichts des geschlossenen Kompromisses. Der Abend endete ganz ruhig und machte den turbulenten Tagesverlauf fast vergessen.

12. Das letzte Ritual!?

Obwohl der Abend in Ruhe endete und der Streit beigelegt war, hatte Cäcilia kaum schlafen können. Sie hätte gerne einen Notausschalter für ihren Kopf gehabt. Die Gedanken wirbelten nur so durch ihren Kopf. Während sie so grübelte, wurde ihr eine Sache plötzlich ganz bewusst – sie war schwanger! Sie hatte keinen Zweifel mehr daran, auch wenn sie das Gegenteil behauptete. Mit dieser Erkenntnis fiel sie irgendwann in unruhigen Schlaf. Dementsprechend fühlte sie sich, als der Wecker klingelte.

„Bleib ruhig liegen und versuch noch etwas zu schlafen", sagte Josch liebevoll zu ihr. – „Hallo! Ich bin kein rohes Ei! Eventuell, aber nur ganz eventuell, könnte es sein, dass ich schwanger bin", gab sie zurück. Sie war jetzt hellwach und schon ein wenig genervt. „Sorry, ich habe es ja nur gut gemeint. Würdest du nicht noch im Bett liegen, würde ich glatt behaupten, du wärst mit dem falschen Fuß zuerst aufgestanden", sagte Josch und verließ das Schlafzimmer in Richtung Bad.

Cäcilia wäre zu gerne noch in ihrem warmen Bett geblieben, aber so nicht! Also quälte sie sich raus. Sie betrat die Küche, schaltete das Radio ein und kochte Kaffee. Bis Josch aus dem Bad kam, war der Kaffee durchgelaufen. Sie reichte ihm einen Becher. Er bedankte sich nur artig, sagte aber ansonsten kein Wort.

„Hast du dir beim rasieren die Zunge abgeschnitten oder warum sagst du nichts?", wollte sie wissen. – „Nein, habe ich nicht. Nur bei deiner Laune wollte ich nicht noch einen Schuss vor den Bug riskieren", antwortete er. – „Sorry! War nicht so gemeint. Du bist heute aber auch empfindlich!", entschuldigte sie sich. – „Was ist eigentlich mit deinem Termin morgen? Willst du den nicht besser verschieben?", fragte Josch. – „Das habe ich mir auch schon überlegt. Obwohl ich das sehr ungerne täte, zumal ich die Fahrkarten auch schon gebucht habe. Ich weiß gar nicht, ob man das Geld bei Reiserücktritt zurückbekommt. Denn der ist ja ziemlich kurzfristig", erwiderte sie. – „Das ist ja wohl das geringste Problem! Ich dachte nur, dass es zu anstrengend werden könnte", meinte Josch. – „Josch! Jetzt fang nicht schon wieder an!" – „Schon gut!", sagte er schnell. – „Ich mache es davon abhängig, wann ich einen Termin bei der Ärztin bekomme. Mir wäre es auch lieber Gewissheit zu haben, sonst kann ich mich nachher nicht richtig auf den Termin konzentrieren", meinte Cäcilia. – „Gibst du mir Bescheid, wenn du einen Termin hast?", bat er sie. – „Das kann ich machen, wenn du mir dann auch sagst, warum", gab sie zurück. – „Ich wäre bei dem Termin gerne dabei. Vorausgesetzt, du hast nichts dagegen oder würdest lieber Anna oder deine Mutter mitnehmen." – „Den Rest kannst du dir sparen! Sicher nehme ich dich mit! Und jetzt schwing die Hufe, sonst kommst du gar nicht mehr weg", machte sie ihn scherzhaft darauf aufmerksam, dass es schon spät war.

Nachdem Josch weg war, machte sie sich fertig und rief dann bei ihrer Frauenärztin an.

„Guten Morgen, Frau Hess!", wurde sie von der Sprechstundenhilfe begrüßt. „Sie brauchen einen Termin zur Vorsorge?" – „Nein", erwiderte Cäcilia, „ich möchte eigentlich nur wissen, ob ich schwanger bin oder nicht." – „Ja, das ist natürlich etwas anderes. Haben Sie schon einen Test gemacht?", wollte sie von Cäcilia wissen. – „Ja, das habe ich und der war positiv", antwortete Cäcilia. – „Könnten Sie gleich morgen früh um acht hier sein? Ich würde Sie dann noch dazwischen schieben. Ein bisschen Wartezeit müssten Sie aber dennoch mitbringen." – „Morgen schon?", war Cäcilias überraschter Kommentar. – „Wenn Sie morgen nicht können, ginge es auch am Mittwoch", hörte Cäcilia nur. – „Nein, morgen geht es. Ich war jetzt nur überrascht, dass es so schnell geht. Ich danke Ihnen! Bis morgen ...", beendete Cäcilia das Gespräch.

Sie überlegte kurz, ob sie Josch anrufen sollte, aber sie meinte, etwas im Hinterkopf zu haben mit einem Meeting. Sie beschloss, ihm eine E-Mail zu schicken. Die würde er im Laufe des Tages mit Sicherheit lesen. Anschließend überlegte sie, was sie den Leuten von der Kosmetikfirma sagen sollte. Sie entschied sich dafür, wenigstens die halbe Wahrheit zu erzählen. Der Arzttermin war schließlich die Wahrheit. Das mit der Schwangerschaft ginge die nichts an, fand sie. Sie hatte Glück, die Leute in der Firma hatten Verständnis und der Termin wurde um eine volle Woche verschoben. Sie räumten ihr sogar ein, ihn noch weiter zu verschieben, falls es ihr noch nicht besser gehen würde. Mit dem Ausgang war Cäcilia mehr als zufrieden.

Der Tag verlief in Cäcilias Augen mehr als schleppend. Die Zeit wollte einfach nicht vergehen und ihre Konzentrationsfähigkeit ließ mehr als zu wünschen übrig. Irgendwann am frühen Nachmittag gab sie auf, ließ Arbeit, Arbeit sein, ging ins Wohnzimmer, schaltete den Fernseher ein und legte sich auf das Sofa. Das Klingeln des Telefons weckte sie. Völlig verschlafen nahm sie ab. „Hi, Ceci! Ich bin gerade von der Uni zurück und dachte mir, ich melde mich schnell, bevor mein Bruder von der Arbeit kommt", wurde sie von Anna regelrecht überfallen. – „Hi, Anna!", erwiderte sie, reckte sich und gähnte dabei. „Entschuldigung, aber ich muss erst einmal wieder in die Welt finden." – „Was hast du denn gemacht? Jetzt sag nicht, dass ich dich geweckt habe? Soll ich später noch mal anrufen?", wollte Anna wissen. – „Nein, nein! Ist schon gut. Ich konnte mich heute absolut nicht auf meine Arbeit konzentrieren und da habe ich mich hingelegt", sagte Cäcilia. Nach einem Blick auf die Uhr fügte sie ganz überrascht hinzu: „Wow! Ich habe tatsächlich anderthalb Stunden geschlafen!" – „Tja, als werdende Mama braucht man seinen Schlaf!" scherzte Anna. – „Jetzt hör auf! Es reicht schon, wenn dein Bruder mich damit nervt! Ich warte ab, was die Ärztin morgen sagt." – „Hast du einen Termin gemacht?" – „Ja, gleich morgen früh um acht soll ich da sein." – „Was dabei rauskommt, weiß ich ja schon. Hat sich mein Bruder gestern wieder eingekriegt? Der war ja vielleicht auf Sendung, als er hier auf der Matte stand! Naja, ich habe ihm dann ein paar Takte gesagt. Ich hoffe, es hat geholfen und war in deinem Sinne", sagte Anna. – „Danke erst einmal! Es war in meinem Sinne. Nur, was hast du ihm genau gesagt wegen der Hexerei? Ich bin da nicht so ganz schlau raus geworden. Ich soll die Hexerei hinten anstellen und mich auf meine Mutterrolle vorbereiten? Ich konnte mir nicht vorstellen, dass ausgerechnet du das so gesagt haben sollst. Hat er das falsch interpretiert?", wollte Cäcilia wissen. – „Nein, das habe ich tatsächlich so gesagt. Josch hat sich so derart auf das Thema eingeschossen, dass man im Moment nicht vernünftig mit ihm darüber reden kann. Deshalb dachte ich, dass du ganz demonstrativ – so, dass er es voll bewusst mitbekommt – die ganzen Sachen zusammenpackst und sie abgibst. Entweder nehme ich sie oder du gibst sie deiner Mutter. Dann sind sie aus seinen Augen und – hoffentlich bald – auch aus seinem Sinn. Das heißt ja noch lange nicht, dass du damit aufhörst. Es soll nur für ihn so aussehen. Quasi so, als wenn du jetzt als werdende Mutter Vernunft angenommen hättest", erläuterte Anna ihren Plan. – „Ach, so! Du meinst, so als ‚letztes Ritual'", meinte Cäcilia. – „Genau, das meinte ich! Dann hat er sein Räppelchen und ist beruhigt. Vielleicht geschieht ja doch noch ein Wunder und man kann mit ‚Mister Brain' darüber reden", bestätigte Anna. – Das ist eine gute Idee! Ich hatte auch schon überlegt, Papa auf diesen kniffligen Fall anzusetzen." – „Das wäre auch nicht schlecht! Dein Papa ist schließlich selbst betroffen und trotzdem tolerant!" – „Das werde ich auch machen! Wir hören dann morgen wieder voneinander. Noch können Wetten abgeschlossen werden ...", meinte Cäcilia abschließend. – „Ich sage positiv und habe schon gewonnen! Bis morgen dann!", sagte Anna und legte auf.

Als Josch nach Hause kam, stand Cäcilia in der Küche und bereitete das Abendessen vor.

„Hi, Schatz! Na? Wie geht es dir?", begrüßte er sie. – „Gut! Wie war es heute bei dir?", fragte sie zurück. – „Ein ganz normaler Montag. Ich habe deine E-Mail übrigens bekommen. Ich habe morgen frei und kann dich begleiten", gab er zurück. – „Das ist schön! Stell dich schon mal auf Wartezeit ein. Es ist kein regulärer Termin, sondern ein dazwischengeschobener. Ich wollte dich auf der Arbeit nicht anrufen, weil ich wusste, dass da etwas mit einem Meeting war. Ich wusste nur nicht mehr wann", sagte sie. – „Das war schon ganz okay! Ich war auch immer nur kurz im Büro, um Unterlagen zu holen oder eben die E-Mails zu lesen. Um mich da zu erreichen, hättest du schon verdammt viel Glück haben müssen. Soll ich dir hier helfen?" – „Nein, mach dich ruhig frisch, anschließend können wir essen und dann wollte ich auch noch etwas mit dir bereden", antwortete sie. – „Etwas Schlimmes?", wollte er wissen, bevor er ins Bad verschwand. Cäcilia beruhigte ihn und machte mit ihren Vorbereitungen weiter.

Nach dem Essen hielt es Josch nicht mehr aus und fragte Cäcilia: „ Was wolltest du denn mit mir besprechen?" – „Ich habe heute noch mal mit Anna gesprochen wegen gestern. Sie hat vorgeschlagen, dass ich die ganzen Sachen und Bücher, die ich hier habe, erst einmal in einen Karton packe und bei Mama oder ihr deponiere.

Ich bin zwar nicht ganz begeistert, habe aber auch keine Lust mehr auf den Stress mit dir, deshalb habe ich eingewilligt. Die Sachen werde ich Mama geben. Es wird – so zu sagen – mein ‚letztes Ritual‘", antwortete sie ihm. – „Das war doch mal ein vernünftiger Vorschlag von meiner kleinen Schwester! Du wirst es nicht glauben, aber bei deinem ‚letzten Ritual‘ werde ich dich tatkräftigst unterstützen!", meinte Josch zufrieden, wobei sein Ton schon fast gönnerhaft war. – „Das ist lieb von dir!", gab Cäcilia zuckersüß zurück und dachte dabei: „Ich könnte ihn würgen!" – „Du, Ceci, jetzt mal etwas anderes. Wenn wir ein Kind bekommen – der Gedanke ist irre! –, dann müssen wir uns aber räumlich verändern", sagte Josch. – „Wieso müssen wir uns dann räumlich verändern?", versuchte sie seinen Gedankengang nachzuvollziehen. – „In dieser Wohnung haben wir kein Kinderzimmer. Wir können auch keinen Raum umfunktionieren. Du brauchst dein Arbeitszimmer und ich meins", führte er aus. – „Josch, würdest du jetzt mal die Kirche im Dorf lassen! Wir wissen noch nicht einmal sicher, ob wir Nachwuchs bekommen und du suchst schon eine neue Wohnung. Das ist ungefähr so, als ob man ein Pferd von hinten aufzäumt. Vor der Wohnungsfrage kämen ja wohl noch etliche andere. Den Makler hast du aber noch nicht zufällig verständigt, oder?", fragte sie kopfschüttelnd. – „Du hältst mich wohl für total bescheuert, oder?", empörte er sich. – „Nein, das nicht unbedingt, aber für sehr voreilig. Ich renn ja auch nicht gleich los und kaufe Babysachen. Naja, bei der Babynahrung wäre ich zur Zeit ja direkt an der Quelle", meinte sie scherzhaft. – „Das stimmt allerdings! Du hast recht! Warten wir morgen einfach mal ab!", sagte er abschließend.

Vor dem Arzttermin war Hektik bei beiden angesagt. Sie standen sich permanent gegenseitig auf den Füßen. Irgendwann fragte Cäcilia völlig genervt: „Warum rennen wir hier eigentlich rum wie die aufgescheuchten Hühner? Das ist doch nur ein Arzttermin." – „Es ist nicht **irgendein** Arzttermin! Schon vergessen?", antwortete er. – „Jaja! Verflucht! Ich habe ja gar keine Überweisung. Das hatte ich gestern völlig vergessen", schimpfte sie. – „Das ist doch jetzt egal! Hauptsache du hast die Versichertenkarte", gab er zurück. – „Hab ich und los!", drängelte sie.

Bei der Ärztin angekommen, waren beide schon fix und fertig. An der Anmeldung sagte man ihnen direkt, dass es etwas dauern würde. So saßen sie im Wartezimmer und harrten der Dinge, die da kommen würden. Cäcilia wurde zwischendurch schon ins Labor zur Blut- und Urinabgabe gerufen. Ansonsten war Warten angesagt, was von beiden keine Stärke war. Die Zeit schien endlos langsam zu vergehen. Doch dann kam der erlösende Aufruf. Sie betraten das Sprechzimmer der Ärztin, die schon auf sie wartete. Sie begrüßte Cäcilia und Josch.

„So, Familie Hess möchte also wissen, ob Nachwuchs unterwegs ist. Nach den ersten Auswertungen kann ich das bejahen. Herzlichen Glückwunsch! Bevor ich Sie, Frau Hess, gleich gründlich untersuche, würde ich gerne noch ein paar Dinge mit Ihnen abklären. Wann hatten Sie ihre letzte Periode?" – „Das war Ende Dezember letzten Jahres", antwortete Cäcilia. – „Ist Ihnen die lange Pause denn nicht aufgefallen?" – „Nein! Seit ich die Pille im letzten Jahr abgesetzt hatte, kam sie eher unregelmäßig. Anfang Februar ist dann noch meine Oma gestorben. Und bei dem ganzen Stress mit Trauer, Beerdigung und Erbe ist mir das völlig entgangen", sagte Cäcilia zu ihrer Entschuldigung. – „Wie sind Sie dann überhaupt darauf gekommen, dass eine Schwangerschaft vorliegen könnte?" – „Ehrlich gesagt, ist meine Schwägerin darauf gekommen, weil ich in der letzten Zeit immer häufiger über Unwohlsein, Übelkeit und Müdigkeit geklagt hatte", antwortete Cäcilia verschämt. – „Das muss Ihnen doch nicht peinlich sein! Sie glauben gar nicht, wie viele Frauen zu mir kommen, wo es so ziemlich schon jeder gemerkt hat, nur sie selbst noch nicht. Sie sind da absolut kein Einzelfall", beruhigte sie die Ärztin. „Da die letzte Periode schon etwas zurückliegt, dürften Sie sich irgendwo in der achten Schwangerschaftswoche befinden, das heißt, die Herztöne des Kindes sind beim Ultraschall schon sichtbar", sagte die Ärztin weiter. – „Von unserem Kind ist schon etwas sichtbar", fragte Josch ganz fasziniert. – „Ja, Sie können sich gleich selbst davon überzeugen. Dann kommen Sie mal mit!", forderte die Ärztin sie auf.

Cäcilia und Josch folgten der Ärztin ins Behandlungszimmer. Cäcilia nahm auf dem Bahndlungsstuhl Platz und die Ärztin begann mit den Untersuchungen. Beim Ultraschall war wirklich schon etwas zu sehen. In diesem Moment realisierte Cäcilia endgültig, dass sie Mutter wurde. Josch war völlig aus dem Häuschen und bombardierte die Ärztin mit Fragen, die sie, soweit es schon möglich war, geduldig beantwortete. Zum Ende der Untersuchungen sage die Ärztin zu Cäcilia: „Frau Hess, da sie schon über dreißig sind und das ihr erstes Kind ist, stehen in den nächsten Tagen und Wochen noch einige Untersuchungen an." – „Einunddreißig ist doch kein Alter!", meinte Josch verständnislos. – „Im Allgemeinen stimmt das schon, aber im biologischen Sinn ist es für eine Erstgebährende schon ziemlich alt und mit jedem Jahr erhöhen sich die Risiken. Aber dafür macht man heute die ganzen Tests, um eventuelle Risiken auszuschließen." – „Können Sie uns den ungefähren Geburtstermin schon sagen?", mischte sich Cäcilia jetzt ein. – „Ganz genau kann ich es noch nicht bestimmen, Verschiebungen sind immer noch möglich, aber ich würde zur Zeit den 6. Oktober als Datum ansetzen."

Nachdem Cäcilia mit der Ärztin soweit alles abgeklärt hatte, ließ sie sich noch einen neuen Termin geben und sie verließen die Praxis. Auf dem Weg zum Auto versuchten sie ihre Gedanken zu sortieren. Plötzlich sahen sie sich an und fielen sich spontan in die Arme. Gleichzeitig sagten sie: „Wir werden Eltern!" – „Zwei Doofe, ein Gedanke!", kommentierte Cäcilia lachend die Aktion. – „Wann erzählen wir es?", fragte Josch. – „Die Familien können es von mir aus sofort wissen. Anna weiß es eh schon. Allen anderen möchte ich noch nichts sagen. Wenn ich den dritten Monat gut überstanden habe, ist es immer noch früh genug!", erwiderte Cäcilia. – „Okay, kann ich verstehen! Ich würde sagen, wir fahren jetzt nach Hause, frühstücken ganz ausgiebig und hecken einen Plan aus. Ich bin so gespannt auf die blöden Gesichter, denn da rechnet doch keiner mit", schlug Josch vor. – „Die Idee gefällt mir! Hätte auch von mir sein können!", stimmte Cäcilia zu.

Beim Frühstück hörte Cäcilia Josch ständig sagen: „Du musst jetzt für zwei essen!", „Du musst auf gesunde Ernährung achten!" oder „Du musst dich jetzt schonen!". Irgendwann platzte ihr der Kragen und sie fuhr Josch an: „Hallo! Ich bin nicht krank! Ich bin nur schwanger! Mein Körper wird mir schon signalisieren, was er jetzt braucht und was nicht. Schon vor mir haben Millionen von Frauen Kinder zur Welt gebracht und das ohne großes Tamtam. Jetzt komm endlich mal wieder runter!" – „Ich meine es doch nur gut!", gab er gekränkt zurück. – „Schatz, das weiß ich! Ich weiß deine Fürsorge auch zu schätzen. Sie ist ja irgendwie auch niedlich, aber sie nervt! Bitte behandel mich nicht wie ein rohes Ei!", lenkte Cäcilia ein. – „Na, gut! Wem sagen wir es wann?", wollte er wissen. – „Mama möchte ich es heute noch persönlich sagen. Ich dachte mir, dass ich sie gleich anrufe und wir dann unter dem Vorwand hinfahren, dass ich ihr die Sachen bringen will. Vorausgesetzt – sie ist da. Am besten wäre natürlich, wenn Papa auch da wäre. Deinen Eltern und Geschwistern möchte ich es auch nicht am Telefon sagen. Ich dachte mir, wir laden sie Sonntag zum Kaffee zu uns ein. Das wäre eh mal wieder angesagt gewesen und somit völlig unauffällig. Soll ich sie einladen oder übernimmst du das?", fragte Cäcilia. – „Du kommst immer auf Ideen!", meinte Josch anerkennend. „Ich würde sagen, du rufst an. Du kannst das besser." – „Okay, dann mache ich jetzt die wilde Telefoniererei, während du die Küche aufräumen darfst", bestimmte sie. „Schließlich muss ich mich ja jetzt schonen", sagte sie noch mit einem Lachen und als Seitenhieb auf seine übertriebene Fürsorge.

Cäcilia schnappte sich das Telefon, ließ sich im Wohnzimmer auf dem Sofa nieder und wählte zuerst die Nummer ihrer Eltern.

„Hallo, Mama! Ich bin's", meldete sie sich. – „Hallo, Ceci! Was gibt's?", wollte ihre Mutter wissen. – „Ich wollte eigentlich nur fragen, ob ihr heute Nachmittag zu Hause seid", sagte sie. – „Ja, heute liegt bei uns nichts an. Dein Vater kommt heute auch eher. Er hatte so einen Stress mit einem Reihenhausprojekt, dass er sogar am Wochenende gearbeitet hat. Dabei wollte er doch langsam kürzer treten. Seit gestern ist aber wohl alles geklärt, so dass er heute nur kurz ins Büro ist für ein paar Unterschriften und heute Mittag schon nach Hause kommt", erwiderte Brigitte. „Kommst du einfach nur so oder liegt etwas Besonderes an?", wollte sie noch wissen. – „Ja und nein! Wie man es nimmt", sagte Cäcilia mit einem breiten Grinsen im Gesicht und dann weiter: „Ich hatte am Wochenende ziemlichen Stress mit Josch wegen meiner Beschäftigung mit der Hexerei. Dummerweise hat er auch ein Gespräch mit Anna mitbekommen und von dem Ritual erfahren. Der Haussegen hing reichlich schief.

Den Rest erkläre ich dir nachher." – „Willst du etwas klein beigeben?", fragte ihre Mutter mit enttäuschter Stimme. – „Nein, aber das erkläre ich dir später", beruhigte Cäcilia ihre Mutter.

Sie vereinbarten noch, dass sie um halb vier käme. Cäcilia erwähnte aber nicht, dass Josch dabei sein würde. Anschließend rief sie Joschs Familie an, die zufälligerweise alle am Sonntag noch nichts vor hatten. Überrascht, aber erfreut sagten sie alle zu.

„So, ich habe alle erreicht", sagte sie zu Josch in der Küche. „Termin bei meinen Eltern ist um halb vier. Von dir wissen sie allerdings noch nichts. Deine komplette Familie hat für Sonntag zugesagt. Grüßen soll ich dich auch! Anna schicke ich eine E-Mail. Haben wir eigentlich noch irgendwo einen leeren Karton, damit ich packen kann?" – „Bei mir auf dem Schrank steht noch einer", antwortete Josch.

Er holte eben den Karton und gab ihn Cäcilia. Sie ging damit in ihr Arbeitszimmer. Er folgte ihr und fragte: „Kann ich dir irgendwie helfen?" – „Nein, das möchte ich allein machen", sagte sie. – „Dein ‚letztes Ritual'?" – „Genau!", meinte sie und deutete ihm an, zu gehen.

Sie schloss ihren Schrank auf und atmete tief durch. Auch wenn sie wusste, dass die Sachen ja nicht ganz verschwanden, fiel es ihr extrem schwer. Sie packte die Bücher ihrer Oma in den Karton, entfernte aber ihre Aufzeichnungen aus Omas Ritualbuch, anschließend kamen die neuen Bücher, bis auf eins, und die Ritualutensilien dazu. Zu guter Letzt hielt sie Athame in den Händen. Für einen Moment zögerte sie, dann ließ sie den Dolch wieder im Schrank unter einem ganzen Stapel Papieren verschwinden. Sie konnte sich einfach nicht von ihm trennen. Die Heilsteine zum Schutz behielt sie auch. Sie fand, sie hätte somit der Pflicht Genüge getan und Josch sollte gefälligst zufrieden sein! Als sie fertig war, stellte sie den Karton in den Flur.

Am frühen Nachmittag brachen sie zu ihren Eltern auf, die ganz überrascht waren, dass Josch dabei war.

„Hallo, Josch!", begrüßte ihn Brigitte. „Mit dir hatten wir ja gar nicht gerechnet." – „Ich habe in der letzten Zeit so viele Überstunden gemacht und dann noch der Londontrip , da habe ich mir heute mal eine Auszeit genommen", gab Josch zurück. – „Das ist vernünftig! Das Leben besteht ja nicht nur aus Arbeit. Ihr könnt schon mal ins Wohnzimmer durchgehen. Ich hole noch eben den Kaffee", sagte Brigitte. – „Ich komme mit!", schloss sich Cäcilia schnell an. Sie warf einen kurzen Blick ins Wohnzimmer, um ihren Vater zu begrüßen und ging dann zu ihrer Mutter in die Küche.

„So, jetzt erzähl mal, was los ist. Und was hat es mit der Kiste auf sich?", wollte ihre Mutter wissen. – „Wie gesagt, wir hatten fürchterlichen Streit. Josch ist sogar noch zu Anna gefahren, um sie zu falten, weil sie mich in Sachen Hexerei unterstützt hat. Sie hat ihn dann beruhigen können und mich überzeugt, dass es vorläufig besser wäre, wenn ich die Sachen bei dir deponiere. In dem Karton ist auch nicht alles. Das meint er aber. Die Heilsteine habe ich noch, meine Aufzeichnungen und Athame. Außerdem warte ich noch auf eine Bestellung. Die Sachen werde ich dann auch irgendwo bei uns verstecken. Ich habe einfach behauptet, das wäre mein ‚letztes Ritual' gewesen. Ich höre aber nicht ernsthaft auf", sagte Cäcilia zu ihrer Mutter. – „Deine Oma wäre auch sehr enttäuscht gewesen! Anna hat das aber wirklich gut hinbekommen!", meinte Brigitte. – „Ja, das finde ich auch. Ich kann mit der provisorischen Lösung gut leben! Apropos Oma! Es ist mir peinlich, das zu fragen, aber warst du schon an ihrem Grab?", erkundigte sich Cäcilia vorsichtig. – „Ja, ich war schon da. Ich musste doch nachsehen, ob alles wieder ordentlich ist, nachdem die Kränze fortgeräumt waren und die Gedenkplatte wieder auf das Grab gelegt worden ist", antwortete Brigitte. – „Ich war noch gar nicht da, obwohl ich schon zweimal im Harz war", sagte Cäcilia zerknirscht. – „Es kommt doch nicht darauf an, ob und wie oft man das Grab besucht. Die Hauptsache ist doch, dass du an sie denkst", erwiderte ihre Mutter. – „Das tue ich! Sie fehlt mir." – „Mir auch!", sagte Brigitte wehmütig. Nach einer kurzen Pause meinte sie dann: „Komm, wir gehen zu unseren Männern!"

Sie gesellten sich im Wohnzimmer zu den Männern und tranken Kaffee. Während dessen erzählte Cäcilias Vater von dem schwierigen Reihenhausprojekt. Das gab Cäcilia die Gelegenheit gleich zwei Themen aufzugreifen.

„Wir haben uns das mit Omas Haus übrigens überlegt. Verkaufen möchte ich es nicht, aber als Mieter seid ihr herzlich willkommen",